Marie-Aude Murail

Trois mille façons de dire je t'aime

l'école des loisirs
11, rue de Sèvres, Paris 6ᵉ

© 2013, l'école des loisirs, Paris
Loi n° 49.956 du 16 juillet 1949 sur les publications
destinées à la jeunesse : septembre 2013
Dépôt légal : novembre 2013

ISBN 978-2-211-21201-4

Pour Françoise et Yves Gaignard

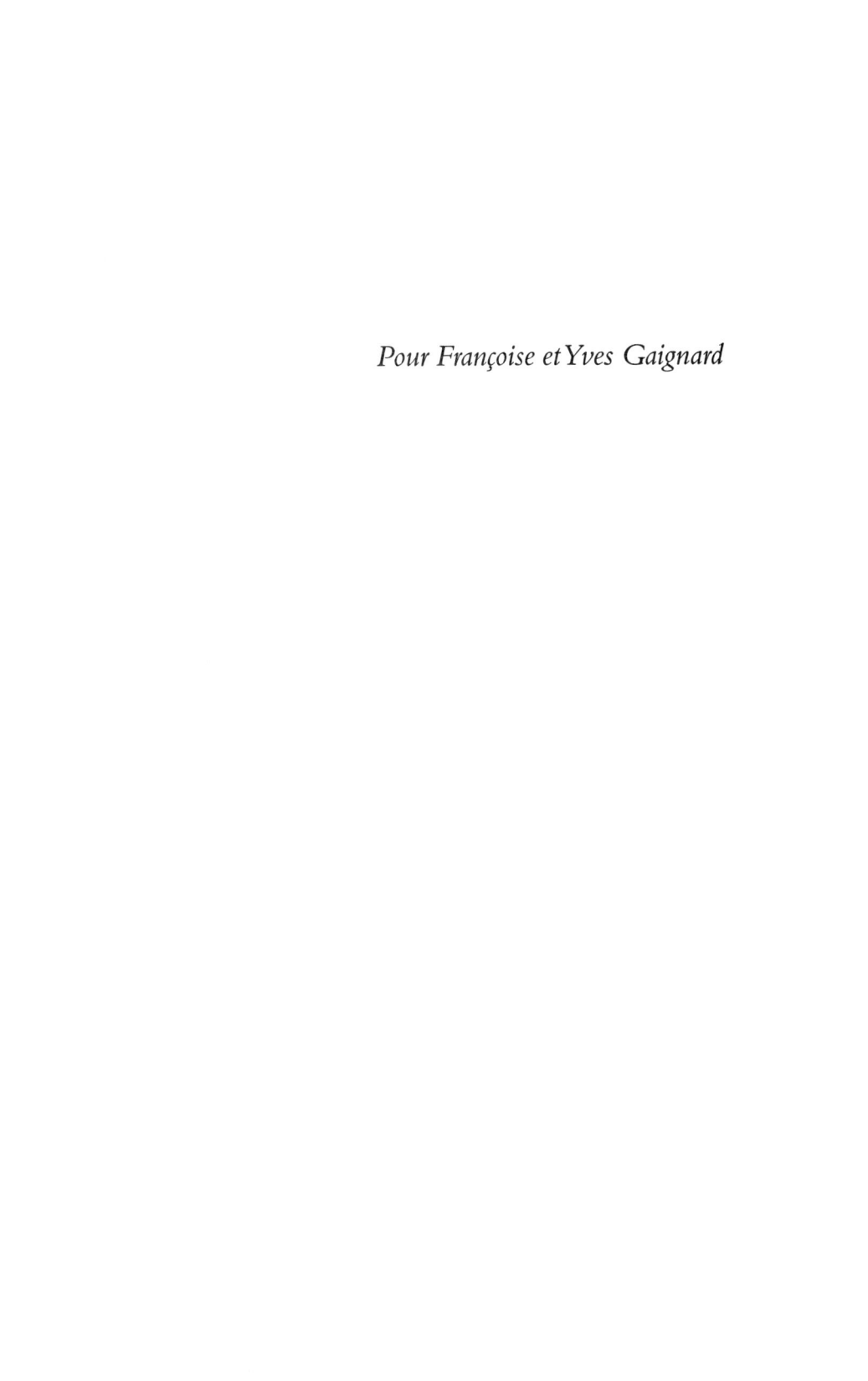

« Monsieur Ashley m'a montré douze façons différentes de dire je vous aime à la potiche de mon salon. Méfiez-vous. C'est un grand acteur. »

Miss Charity

1
Vous êtes amoureux, empruntez à Cupidon ses ailes.

Nous étions trois collégiens de cinquième et nous venions d'horizons si différents que rien ne nous destinait à nous dire un jour je t'aime.

Chloé avait pour parents monsieur et madame Lacouture, respectivement directeur de l'école Charles-Péguy et professeure d'allemand.

Bastien était le fils des Vion, qui tenaient un petit commerce. Comme les clients l'appelaient « le fils de l'épicerie », Bastien mit du temps à comprendre à quoi servaient les parents. Dans son cas, la réponse était : à rien.

Neville se serait appelé Steevy si la voisine de palier ne s'était emparée du prénom pour son propre fils. Magali Fersen, mère célibataire, se rabattit sur Neville, un prénom qu'elle avait entendu dans une série de la BBC pendant sa grossesse. Elle ne s'était pas avisée que le héros britannique était silencieux et tourmenté. Dès le berceau, Neville décida de lui ressembler.

Nous nous appelions donc Chloé Lacouture, Bastien Vion et Neville Fersen. Cette année-là, notre professeure de français était la célèbre madame Plantié, considérée comme folle par ses élèves et comme très compétente par les parents. Cette femme énergique et souriante était atteinte d'une allergie curieuse, elle ne supportait pas les romans qui finissent bien, qu'elle pensait écrits pour les imbéciles et les Américains. Tandis que nous autres, qui avions douze ou treize ans, des boutons d'acné, des règles douloureuses et des parents chiants, nous nous enfoncions dans la dépression de l'hiver, madame Plantié s'épanouissait en nous lisant *La Mort d'Olivier Bécaille*. C'était une histoire abominable où un pauvre type, enterré vivant, essayait de soulever le couvercle de son cercueil. Et un beau jour (beau pour madame Plantié, donc avec un ciel bas et lourd), notre professeure nous apprit que la prochaine séquence pédagogique serait consacrée au théâtre. Nous pouvions craindre le pire, car elle ajouta, avec des étoiles dans les yeux, que le but du théâtre était de nous faire sentir le tragique de la condition humaine. Elle avait essayé d'avoir des places au théâtre de la ville pour nous emmener voir *Le roi se meurt*. C'était une abominable histoire où un pauvre type, à qui on annonçait : « Tu vas mourir dans une heure vingt-cinq minutes », mourait sur scène après une agonie d'une heure et vingt-cinq minutes. Par chance pour nous, ce spectacle affichait complet, et madame Plantié dut se contenter de *Dom Juan*. Je crois qu'elle se consola en pensant que c'était la seule comédie de Molière qui finissait mal.

Aucun de nous trois n'était jamais allé au théâtre.

Chez les Lacouture, tout se passait à la maison. Papa, maman, Chloé et sa petite sœur Clélia regardaient les DVD de la médiathèque, assis en rang d'oignons sur le canapé du salon, avec la télécommande à portée de main pour sauter les scènes qui font faire des cauchemars. Chez les Vion, on ne connaissait qu'une forme de divertissement : « Y a pas un film marrant à la télé ? » Jusqu'à une révélation l'année de ses sept ans, Bastien avait même cru qu'un *filmarrant* s'écrivait en un seul mot. Quant à la mère de Neville, elle n'allait ni au théâtre ni au cinéma, qui auraient exigé d'elle deux choses tout à fait impossibles : se taire et écouter les autres.

Notre petite ville avait la chance de posséder un théâtre à l'italienne, avec des Amours peints au plafond, des fauteuils de velours rouge et des balcons ruisselants de dorures. Madame Plantié avait obtenu de bonnes places au balcon, face à la scène, et, comme elle avait voulu s'épargner la cohue des matinées scolaires, nous étions mêlés ce soir-là au public des adultes. Bastien, qui tenait le rôle du chahuteur, dut s'asseoir à côté de notre professeure. De la salle montait une rumeur de rires, de *bonsoir !*, de piétinements et de battements de portes, qui s'éteignit avec les lumières. Neuf coups de bâton partirent en rafale de la coulisse, suivis de trois autres plus lents, *pan, pan, pan,* et le rideau de scène, pourpre et frangé d'or, se leva en chuintant.

Quand nous avons reparlé de cette soirée six ans plus tard, nous avons tous trois déclaré qu'elle avait décidé du reste de notre vie, que nous avions su, au baisser du rideau, que nous serions acteurs. Pour dire la vérité, nous nous sommes parfois ennuyés durant la représentation.

La magie opéra à retardement. Quand Chloé décrivit à sa petite sœur la salle, les décors, les costumes qui l'avaient émerveillée. Quand Bastien, pour faire marrer ses vieux, imita les grimaces de l'acteur qui jouait Sganarelle. Quand Neville se rêva la nuit suivante en grand seigneur méchant homme, brisant le cœur des femmes.

Ce moment de théâtre, sang et or, surgissant de nulle part, se planta en nous trois comme un éclat d'obus dans la tête d'un poilu ! Mais nous n'en avons rien su à l'époque parce que nous ne nous parlions pas.

Neville trouvait Chloé mignonne, mais la confondait parfois avec son amie Clémentine, et il se méfiait de Bastien. De son côté, Bastien avait rebaptisé Neville le psychopathe et, comme à une de ses blagues un peu lourdes Chloé lui avait dit «Tu n'es pas drôle», il ne s'en approchait plus. Quant à Chloé, elle restait entre filles. Toutefois, dans le classement des garçons les plus beaux de la classe qu'elle avait fait avec Clémentine, elle avait mis Neville en premier.

L'année suivante, nos routes se sont séparées, Bastien en 4e A, Chloé en 4e B, Neville en 4e C, et l'histoire que vous lisez aurait pu ne jamais exister. Mais madame Plantié, qui n'était plus notre professeure de français, décida de lancer un club de théâtre pour les demi-pensionnaires. Ses anciens élèves, qui parlaient toujours d'elle en l'appelant la folle, se bousculèrent le jour des inscriptions. Elle nous accepta tous les trois dans des termes qui prouvaient qu'elle nous connaissait bien :

— Le théâtre, ça te sortira de ta coquille, Chloé. Bastien, si tu viens pour mettre le bazar, je ne te garderai pas. Tiens, Neville ? Pour une fois qu'une chose t'intéresse…

Madame Plantié n'avait pas la moindre idée de ce qu'on peut faire dans un club de théâtre. Elle n'avait pas l'air de se douter que jouer la comédie est une chose qui s'apprend. La première séance réunit quinze participants, un effectif suffisant pour constituer une bonne troupe. Quand madame Plantié annonça que l'on donnerait un spectacle en fin d'année, un coup de baguette magique nous transporta tous les trois sur la scène du théâtre à l'italienne au moment du salut final. Mais il y avait auparavant quelques formalités à accomplir, comme de trouver une pièce à jouer. Celle-ci devait fournir un rôle à chaque élève et, bien sûr, finir mal. Pourquoi madame Plantié choisit-elle *Roméo et Juliette* ? Peut-être parce que, si les amoureux les plus célèbres de l'histoire du théâtre avaient vécu de nos jours, ils se seraient rencontrés au collège : *Quinze ans, ô Roméo, l'âge de Juliette !* Mais notre professeure n'avait pas prévu l'effet que ferait Shakespeare sur des collégiens. Chez les Montaigu, quand on vous invite à dîner, on ne dit pas : « On vous attend pour vingt heures », mais : *Tel Mercure, mets des plumes à tes talons et viens, rapide comme la pensée, à l'heure où Phébé contemple son visage d'argent dans le miroir des eaux.* Ce qui embrouille un peu.

Comme ses acteurs s'emmêlaient dans les personnages, madame Plantié eut l'idée de faire porter un tee-shirt rouge aux Capulet et un tee-shirt bleu à leurs ennemis, les Montaigu. Grâce aux exclamations de la prof : « Ici, les bleus ! Mais bougez-vous, les rouges ! », les répétitions théâtrales se transformèrent peu à peu en entraînement de foot. Par ailleurs et par dévouement, madame Plantié avait accepté dans son club deux casse-pieds professionnels, les duettistes Kamel et Erdogan, ce qui donnait lieu à des échanges du style :

– Madame, y a Kamel qui me parle mal !

– Zyva, la Capulette, ferme ta mère !

– D'où t'as vu que j'étais un Capulet, bâtard ? Je suis un Montaigu.

– Mais t'es con ou quoi ? T'es un rouge !

– Hein, madame, les rouges, c'est les Montaigu ?

Madame Plantié dut aussi faire face aux ego des comédiens, dont tout le monde sait qu'ils sont démesurés.

– Pour le rôle de Juliette, dit-elle innocemment, j'ai pensé à Chloé.

– Pourquoi pas moi ? se récria Ludivine.

Il était délicat de lui répondre : parce que tu es moche.

– Je ne tiens pas à jouer Juliette, dit aussitôt Chloé de ce ton pincé qu'on prenait chez les Lacouture quand on avait envie de sortir le vitriol ou le couteau de boucher.

Madame Plantié eut un soupir en se sentant si peu

soutenue. Chloé ÉTAIT Juliette, avec son petit visage fin et racé d'Audrey Tautou ou de Marion Cotillard enfant. Mais Ludivine avait une grande gueule et elle refuserait tous les autres rôles et elle pourrirait l'ambiance.

– Veux-tu faire la mère de Juliette, Chloé ? proposa madame Plantié, navré du gâchis.

– Ça m'est égal, répondit Chloé, vierge et martyre.

Au moment d'attribuer le rôle de Roméo, madame Plantié suggéra sur un ton moins assuré que la première fois :

– J'avais pensé… hum… à Neville.

– Très bien, approuvèrent Kamel et Erdogan, qui espéraient ne faire que de la figuration muette.

Neville ÉTAIT Roméo. Comment le situer ? Quelque part entre George Clooney et Colin Firth. À treize ans.

Bastien n'avait pas trouvé d'emploi et il restait un rôle dont personne ne voulait, celui de la nourrice de Juliette.

– Eh mais, c'est bon, madame ! Je la fais, moi, la nourrice, dit Bastien. Avec une perruque à ma mère et des pamplemousses dans un soutif.

– Wah, la chouma ! s'esclaffa Kamel.

– Ah non, ça suffit, le rembarra madame Plantié. Pendant l'heure de théâtre, tu fais un effort pour parler normalement.

– Ah wesh, votre Shakespeare, là, madame, il parle grave normal, ironisa Erdogan.

Les choses sérieuses commencèrent lorsque notre professeure donna à chacun une photocopie de son rôle. Le seul à ne pas pousser des cris d'effroi fut Bastien, qui prit aussitôt l'engagement moral avec lui-même de ne pas en apprendre un mot. Il savait qu'il lui suffirait de dire n'importe quoi en faisant tressauter ses pamplemousses pour que tout le monde soit plié de rire.

— Mais madame, rugit Kamel, JAMAIS je vais me mettre tout ça dans la tête ou elle va s'éclater !

Madame Plantié lui promit qu'il n'aurait rien à apprendre puisqu'il serait chargé de résumer l'action aux spectateurs entre deux scènes jouées.

— Tu liras ton papier.

— Mais madame, répliqua-t-il, tout aussi indigné, JE SAIS PAS LIRE !

Du côté de Ludivine, le mécontentement couvait depuis que Kamel et Erdogan lui avaient fait observer que Juliette était une chaude qui couchait à quatorze ans.

— Madame, ça va pas être possible que je fais Juliette. Même Shakespeare, il la traite.

— Comment ça ? Qu'est-ce que tu racontes ?

— Mais si, madame, il lui dit « pute toi-même ».

Elle tendit sa photocopie : *Dieu veuille que tu n'imputes toi-même ma promptitude à la légèreté de mes sentiments.* Madame Plantié eut beau rétablir l'innocence du verbe imputer, Ludivine prit un air vexé qu'elle garda jusqu'au jour de la représentation. Chloé sut très vite les répliques de lady Capulet, qu'elle récitait en articulant convenablement. Elle ennuyait tout le monde, y compris madame Plantié, qui l'interrompait par un compliment :

— C'est parfait, tu sais ton rôle.

Chloé rongeait son frein. Elle sentait que, une fois sur scène, déguisée et maquillée, il lui arriverait quelque chose. Une métamorphose. Quant à Neville… ah, Neville ! Chaque mot, chaque phrase de Roméo, il les ressentait. Il s'identifiait à lui comme il s'était identifié, corps et âme, à Dom Juan. Le problème, c'est qu'il était inaudible.

— Ne parle pas dans ta barbe, Neville, le houspillait madame Plantié. Lance ta voix vers le public, fais-toi entendre !

La première apparition de Bastien en nourrice, la perruque de travers et les seins roulant sous son corsage, fut un triomphe, qu'il prolongea en s'inspirant de sa mère pour les dialogues :

— Ah, là, là, j'ai un de ces mals de dos, mademoiselle Juliette ! Je vas z'attraper la mort à galoper après votre Roméo. Vivement ce soir qu'on se couche !

La date de la représentation fut fixée à un samedi du mois de juin. Madame Plantié obtint le prêt de la salle Talma, au conservatoire d'art dramatique. Ce n'étaient pas les dorures du théâtre à l'italienne, mais il y avait une vraie scène, des coulisses et des loges !

Chloé fit faire par sa grand-mère une robe longue avec dentelles et volants. Elle était trois fois plus jolie que Ludivine, boudinée dans une robe de location. Neville, qui avait oublié de dire à sa mère qu'il faisait du théâtre, décida en accord avec madame Plantié de jouer Roméo en tee-shirt et jean noirs. Il n'aurait même pas besoin d'être maquillé, ayant le teint mat et des cils tellement fournis qu'on les aurait crus épaissis au mascara.

Il y eut une dernière répétition le samedi après-midi dans la salle du conservatoire. Un professeur d'escrime vint régler les derniers détails des combats à l'épée (en plastique). Erdogan, qui servait de régisseur, vérifia dix fois que la fiole de poison, décorée d'une tête de mort par sa petite sœur, était bien dans la soutane de frère Laurence. Chacun à tour de rôle s'affola :

— Oh, madame, je vais avoir un trou !

Ou bien :

— On ne va pas se moquer de moi, madame ?

Chloé sentait monter en elle une chaleur inconnue qui lui mettait le feu aux joues.

— Tu n'as pas de fièvre au moins ? s'inquiéta madame Plantié.

Neville prenait des poses romantiques dans l'attente de sa mort prochaine tandis que Bastien, les pamplemousses descendus sur l'estomac, donnait une version différente de la pièce, où Juliette se retrouvait enceinte à quinze ans au grand mécontentement de sa mère.

Les premiers spectateurs arrivèrent dès 19 heures. C'étaient les parents des jeunes acteurs, qui voulaient être bien placés. Madame Lacouture avait l'appareil photo et monsieur Lacouture la caméra. La petite Clélia, les yeux bordés de larmes, se demandait à quel jeu de cache-cache se livrait sa grande sœur derrière cet effrayant rideau rouge. À 19 h 30, la salle était comble, les collégiens étant venus en nombre avec leur famille et leurs enseignants.

— Les rouges, vous êtes prêts ? chuchota fébrilement madame Plantié. Les bleus, qu'est-ce que vous avez fait de vos épées ? Attention, ça va commencer...

Avec le « brigadier », Erdogan tapa les neuf coups sur le plancher puis égrena les trois derniers, *pan, pan, pan !* Et les bleus entrèrent en scène.

SAMSON : Grégoire, sur ma parole, si nous croisons un chien de la maison de Montaigu, je sors mon couteau.

GRÉGOIRE : Prends garde qu'on ne te coupe le cou... tôt ou tard !

La représentation connut quelques incidents. Ludivine eut tellement de trous de mémoire que madame Plantié, lui soufflant son rôle depuis la coulisse, aurait mieux fait de venir jouer à sa place. Neville sentit couler dans ses veines le feu de la passion puis la glace du poison, mais les spectateurs n'entendirent pas le quart de ce qu'il disait. Erdogan, dans le rôle du moine, eut une fâcheuse tendance à jurer sur la tête du Coran. Les pamplemousses, dans un sursaut d'indignation de la nourrice, roulèrent sur la scène. Les bleus et les rouges trahirent leur camp sans s'en rendre compte, et Kamel prouva que, effectivement, il ne savait pas lire. Au total, les spectateurs rirent beaucoup et applaudirent encore plus.

À la fin de la représentation, les Lacouture accoururent dans les coulisses et se précipitèrent sur leur fille, autant pour la mettre en sûreté dans leurs bras que pour la féliciter.

— Tu étais la seule à savoir ton rôle ! s'écria sa mère sans s'inquiéter d'être entendue par les autres acteurs.

— J'ai tout filmé, ajouta son père avant de rectifier : à chaque fois que tu apparaissais.

— Tu es trop belle dans ta robe, murmura la petite Clélia, encore intimidée. L'autre fille, elle était moche.

Chloé gardait un sourire figé. Le rideau était retombé et il ne s'était rien passé. C'était sans doute la faute de Ludivine, qui lui avait volé la vedette. Mais un jour, se promit-elle au fond de son lit, un jour, elle serait Juliette et elle ferait pleurer ses parents.

2
– Vous existez souvent ?
– Oh non, j'ai autre chose à faire !

En classe de troisième, nous nous sommes perdus de vue d'une façon qui aurait pu être définitive.

Chloé fut la seule à poursuivre sa scolarité dans le même collège, mais le club de théâtre n'y reprit jamais ses activités, l'expérience shakespearienne ayant suffi au bonheur de madame Plantié. Chloé avait pourtant envie de remonter sur scène, sans trop savoir pourquoi.

– Faire du théâtre le mercredi ? Ah bon ? s'exclama madame Lacouture sur le ton d'étonnement qu'elle aurait pu prendre si Chloé lui avait parlé de changer de sexe.

Madame Lacouture n'avait jamais inscrit ses filles à aucune activité extrascolaire. À quoi bon si elles avaient tout à la maison ? Elle s'informa fébrilement auprès de ses collègues, à la mairie, à la boulangerie, et finit par trouver au fond d'une impasse ce qu'elle présenta à sa fille comme «un petit cours». L'âme de ce lieu, la vieille madame Bramenton, qui avait souffert dans son enfance d'être surnommée «les bras m'en tombent», acheva de tranquilliser madame Lacouture :

— Ici, personne ne se moque des autres. On travaille sur l'épanouissement, pas sur la performance.

Chloé, qui n'était pas moqueuse, remarqua tout de même que madame Bramenton dégageait une odeur assez écœurante de talc pour bébé, d'antimites et de vieilles choses en général, et se retint de respirer à son approche. Elle avait espéré, en venant à ce cours, travailler sur une pièce célèbre, dont elle aurait appris un des rôles. Or madame Bramenton faisait uniquement du théâtre d'improvisation.

— Alors, écoutez-moi bien, tout le monde, dit-elle au début de l'année, le thème de ce trimestre est le naufrage. Vous allez monter sur un bateau en partance pour les Indes, l'Amérique ou le pôle Nord. Votre destination n'est pas très importante parce que vous allez couler avant d'arriver.

Ce remake du *Titanic* consterna Chloé. Mais les demoiselles du petit cours (il n'y avait que des demoiselles) étaient des pros de l'impro. Elles se jetèrent sur deux grands coffres pleins de déguisements, écharpes, fausses barbes, sabres de bois, perruques, chapeaux, robes de gitanes, etc. Débutant une phrase sur deux par «moi, je», elles s'attribuèrent des personnages, rappeuse, pirate, esclave, vampire, voleuse, princesse, et montèrent sur l'estrade qui symbolisait le bateau. Puis les rôles s'élaborèrent dans de courtes scènes à deux, à trois, et Chloé crut entendre sa petite sœur quand elle jouait à «on dirait qu'on serait». Les jeunes actrices aimaient surtout les scènes de querelle et de crêpage de chignon, où leurs voix partaient dans les aigus; quelques-unes savaient même pleurer. Chloé, hébétée, jetait des cordes par-dessus bord pour sauver celles qui se noyaient, mais elle était la plus noyée de toutes. Une certaine fierté l'empêcha de se plaindre à sa mère. Elle avait d'ailleurs trop peur d'entendre la phrase fatidique :

— C'est toi qui as voulu faire du théâtre, non ?

Au deuxième trimestre, et de façon très logique, madame Bramenton apprit aux jeunes comédiennes que le thème suivant serait l'île déserte. Tandis que ses camarades construisaient des cabanes et capturaient un tigre, Chloé réserva sa participation aux scènes de groupe, où il suffisait de pousser des cris en levant les bras au ciel. Madame Lacouture, ayant remarqué que sa fille traînait des pieds le mercredi après-midi, vint questionner madame Bramenton à la fin d'un cours.

— Chloé ? dit celle-ci en regardant la jeune fille. On la croirait faite pour le théâtre. Elle est tellement jolie, n'est-ce pas ?

Madame Lacouture rosit de fierté tout en faisant un petit geste de protestation. On ne devait pas parler de sa beauté devant Chloé.

— Mais c'est regrettable qu'elle soit si timide, reprit madame Bramenton. Il faudrait peut-être qu'elle voie un psychologue. Elle est un peu… un peu rétractée.

Sur le chemin du retour, Chloé se permit enfin une remarque désagréable :

— Évidemment que je me rétracte. Elle pue !

Madame Lacouture, qui n'avait sans doute pas digéré l'allusion au psychologue, admit que cette pauvre femme sentait assez mauvais.

À la fin de l'année, les élèves de madame Bramenton donnèrent leur représentation, *Les Naufragées du Karaboudjan*. La veille du spectacle, Chloé se tordit le pied en courant après Clélia dans le couloir de l'appartement, ce qui lui interdit toute participation.

— Quel dommage ! fit madame Lacouture.

Il ne fut plus jamais question du petit cours de madame Bramenton. Le psychologue, si on l'avait consulté, aurait peut-être émis l'idée que madame Lacouture avait fait à peu près ce qu'il fallait pour dégoûter sa fille de la pratique théâtrale.

À la fin de sa classe de seconde, Chloé fit savoir à ses parents que les maths et elle demandaient le divorce par consentement mutuel.

PAPA : Chloé avait les moyens de faire une grande école ! Elle se ferme les voies d'excellence !

MAMAN : Mais ce n'est pas grave, elle sera agrégée de lettres.

Chloé entendit alors sa propre voix déclarer :

— Je ferai ce que je voudrai, non ?

Monsieur et madame Lacouture réintégrèrent aussitôt leurs corps de gentils parents.

MAMAN : Mais évidemment c'est toi qui choisis !
PAPA : On veut seulement ton bonheur !

En classe de terminale L, Chloé s'aperçut qu'il y avait dans son lycée une option théâtre, où Ludivine et Clémentine s'étaient inscrites. Elle aurait voulu les rejoindre mais elle n'osait pas en parler à sa mère.

— On peut prendre une option facultative pour le bac, lui dit-elle enfin à l'heure du goûter. Ça donne des points. Pour avoir une mention, c'est intéressant…

Madame Lacouture fit savoir d'un signe de tête qu'elle était au courant.

— J'ai envie de prendre l'option théâtre avec Clémentine, ajouta Chloé d'une voix qui tremblait presque.

— Ça ne t'a pas suffi, le théâtre, avec ta madame Bramenton ? répliqua madame Lacouture sur un ton d'ironie.

Chloé explosa de la façon la plus inattendue.

— Cette femme, elle puait, ce cours était con, et je te rappelle que c'est toi qui l'avais choisi !

De stupeur, la petite Clélia en renversa son verre de lait et madame Lacouture préféra la houspiller plutôt qu'affronter sa fille aînée. Mais le soir venu elle alla dans la chambre de Chloé, qui était déjà couchée. Debout au pied du lit, solennelle comme la statue du Commandeur, madame Lacouture déclara qu'on ne parlait pas sur ce ton à sa mère, qu'on ne disait pas certains mots, qu'elle respectait ses enfants et qu'elle espérait que ses enfants la respectaient, qu'elle ne voulait que l'épanouissement de sa fille et qu'elle la laissait libre de ses choix. Tant que sa mère parla, Chloé resta tapie dans son lit, se rétractant au fond de sa coquille. Elle ne dit pas un mot, ni pardon, ni merci. Le lendemain, elle s'inscrivit à l'option théâtre.

Chloé rêvait toujours de jouer dans une pièce classique et en robe à panier. Hélas, madame Gillain, professeure de français et responsable de l'option théâtre, ne jurait que par l'hypercontemporain. Elle emmenait ses élèves voir des œuvres d'Ernst Schilmelpefnitzemberg et de Gaston-Marie Chamoisel-Lampied intitulées *Quelque chose quelque part* ou bien *Au moins, j'aurais vécu*. Chloé s'y rendait comme à une fête avec son groupe d'amies, et le rideau se levait sur un décor, que madame Gillain appelait «une scénographie», comportant soit deux bancs, soit trois cubes noirs. Au fur et à mesure que la pièce se déroulait sans qu'il se passât rien, Chloé s'effondrait intérieurement comme la jeune fille de la fête qu'on oublie de faire danser. Les acteurs disaient :

MONSIEUR MADAME : Aujourd'hui, c'est le beau temps... Pour du beau temps, c'est du beau temps.

MADAME MONSIEUR : C'est ce que je disais ce matin à mon mari en me levant, je lui ai dit : Marcel, c'est le beau temps pour la journée.

MONSIEUR MADAME : Moi, je ne suis pas marié.

MADAME MONSIEUR : Ça n'empêche, c'est le beau temps pour toute la journée.

Ceci permettait à madame Gillain, une fois revenue en classe, de délirer sur l'impossibilité de communiquer, même entre gens qui s'aiment. Elle en arriva un jour à citer le ténébreux psychanalyste Jacques Lacan :
— *L'amour, c'est donner ce qu'on n'a pas à quelqu'un qui n'en veut pas.*
— Eh bien, c'est gai, conclut Chloé.

Pour l'épreuve du bac, chaque candidat devait jouer une scène de dix minutes devant un jury composé d'un professeur et d'un professionnel du théâtre. Madame Gillain, en toute modestie, avait fait appel à une véritable comédienne pour préparer ses élèves. La jeune femme, qu'on appelait par son prénom, Fabienne, était fan de Roland Dubillard, l'auteur des *Diablogues*.

Un : Je me sens… je me sens… Ça me prend des pieds à la tête. Ça ne se voit pas de l'extérieur. C'est… c'est indéfinissable.

Deux : C'est l'existence.

Un : L'existence ?

Deux : Oui. Je le sais parce que moi aussi, l'existence, ça me fait la même chose. Chaque fois que j'existe, c'est pareil.

Un : Vous existez souvent ?

Deux : Oh non, j'ai autre chose à faire !

Fabienne certifiait que Dubillard était drôle. Mais quand Chloé tenait sa partie, qu'elle fût Un ou qu'elle fût Deux, personne ne rigolait. Sa diction appliquée répandait l'ennui. Fabienne, au désespoir, chercha une solution pendant plusieurs répétitions et eut enfin une illumination.

— Chloé, Chloé, c'est très bien ! la coupa-t-elle au milieu d'une phrase. Mais est-ce que tu ne pourrais pas... parler d'une façon un peu précieuse ?

— Précieuse ? s'étonna Chloé.

— Oui, tu sais, le genre Marie-Chantal, la bouche en cul de poule.

Fabienne dessina un O avec ses lèvres pour se faire mieux comprendre.

— Voilà, tu reprends à : *Je me sens...* La bouche en cul de poule. Vas-y !

Chloé avait l'habitude de suivre la consigne. Elle fit ce que la comédienne lui indiquait, et le résultat fut immédiat. Ses camarades éclatèrent de rire. Chloé, qui avait rêvé de faire pleurer ses parents en mourant sur scène, fut complimentée pour son talent comique par le jury du baccalauréat. Madame Gillain avait donc raison, la vie est un malentendu.

Tandis que Chloé cherchait sa voie, Bastien Vion poursuivait sa scolarité dans un internat où, selon l'expression de son père, on allait lui serrer la vis. À la même époque, l'épicerie Vion « Ouverte du lundi au samedi de 8 heures à 21 heures. Dimanche de 8 heures à 13 heures » dut baisser à tout jamais son rideau de fer, mise en faillite par le Carrefour Market du bout de la rue. Bastien, qui avait vu ses parents perdre leur âme entre les Danette vanille et les couches Pampers, prit alors une décision courageuse, celle de ne jamais travailler. Mais en souvenir de madame Plantié, il s'informa sur ce que proposait l'atelier théâtre. Il était animé par la documentaliste, mademoiselle Larchette, qui envisageait de monter *Les Fourberies de Scapin*.

— Il faut apprendre le texte ? s'inquiéta Bastien.

L'étonnement laissa mademoiselle Larchette sans voix.

— Si on écrivait nous-mêmes un sketch ? enchaîna Bastien.

Il n'avait pas l'intention d'en écrire le premier mot, mais la documentaliste, enthousiasmée, réunit les douze participants qu'elle répartit en trois groupes, distribua des feuilles blanches et attendit que se produise le miracle de la création… Au bout de dix minutes, le groupe de Bastien pleurait de rire, car celui-ci était en train de jeter les bases d'un sketch qu'il appela plus tard *Le Fils de l'épicerie*. Il imita son père, sa mère, lui-même quand il avait huit ans, madame Machemol, la voisine de palier, puis les clients de l'épicerie Vion, la vieille dame kleptomane et son manteau à double fond, l'Arabe raciste qui vote Le Pen, le retraité qui achète les œufs à l'unité pour avoir une occasion de parler, bref, toute une misère de quartier. Quand le spectacle fut donné en fin d'année, ses parents, qui étaient devenus livreur et caissière au Carrefour Market, ne purent y assister. Bastien le regretta car il ne douta pas un instant qu'il aurait fait marrer ses vieux.

L'année de première, fidèle à ses principes, Bastien passa les épreuves de français sans avoir lu un seul des livres au programme. Grâce à quelques sites Internet très bien faits, parcourus la semaine avant l'examen, il obtint 8 à l'écrit et 16 à l'oral. En classe de terminale, il eut un entretien sur son orientation avec un psychologue, auquel il avoua ne voir que deux solutions à sa portée, gagner au loto ou faire des imitations de Jacques Chirac à la télévision. En désespoir de cause, et après avoir bien ri, l'orienteur scolaire suggéra à Bastien de tenter l'entrée au conservatoire d'art dramatique de la ville. Le jeune homme eut une grimace dubitative.

— C'est... pour devenir comédien ?

Les conditions d'admission étaient les suivantes : avoir entre 16 et 25 ans, être titulaire du baccalauréat, justifier d'au moins une année de pratique théâtrale. Bastien obtint son bac sans peine et sans mention. Quand il apprit à son père qu'il avait fait une demande d'inscription au conservatoire d'art dramatique, monsieur Vion eut cette réplique peu digne du répertoire, même comique :

— Pour quoi foutre ?

— Tout, sauf épicerie, répondit Bastien.

Puis il ajouta avec un débit de mitraillette qu'il n'imaginait pas, quand il était enfant, que sa mère et la caisse enregistreuse menaient une existence séparée, qu'un bac de surgelés, même avec les meilleures intentions du monde, ne remplaçait pas tout à fait un père et qu'il avait longtemps espéré que madame Machemol, la voisine chez laquelle il se réfugiait, ferait une demande d'adoption. Quand Bastien se trouvait amusant, il avait la naïveté de croire que les autres en pensaient autant. Or, en quelques phrases, il venait d'achever la faillite de monsieur Vion, qui percevait désormais sa vie comme un ratage de A à V. Il se vengea en prédisant à son fils qu'il serait, lui aussi, un raté et le laissa s'inscrire où diable il voulait. Donc, un matin de septembre, Vion fils se retrouva dans le hall d'entrée du conservatoire.

Il y avait là une cinquantaine d'étudiants, mais Bastien ne s'attendait pas à y voir un visage familier. Soudain son regard qui errait s'immobilisa. Cette fille ? C'était une ex-élève de madame Plantié ! Elle ne s'était tout de même pas inscrite au conservatoire d'art dramatique ? C'était une bonne élève au collège, mais elle s'était ridiculisée sur scène en jouant Juliette. Bastien en ricana intérieurement et se mit à chercher le nom de la jeune fille. Ludivine ? Ah non. Ludivine, c'est celle qui avait joué Juliette. La bonne élève avait interprété un personnage secondaire. Tout lui revenait à présent, sauf le prénom de sa camarade de quatrième. Un petit prénom, genre Léa, Lola... À la seconde où leurs yeux se rencontrèrent, il se souvint.

– Chloé ! s'écria-t-il en levant la main pour la saluer.

Pas plus que Bastien, Neville n'était resté au collège de madame Plantié. Sa mère ne pouvant plus payer les six cents euros du loyer de leur petit appartement en centre-ville, ils avaient dû déménager en banlieue. Magali Fersen était femme de ménage. Elle était aussi asthmatique, et ses crises la contraignaient à prendre souvent des arrêts maladie, lui faisant perdre des clients. La vie était dure pour la jeune femme, mais il était impossible de savoir ce qu'elle en pensait, ni même si elle pensait, car elle noyait chaque heure du jour sous un flot de paroles sans intérêt.

— Il fait frais ce matin ils avaient dit qu'il pleuvrait j'aime mieux quand il pleut pour mon asthme ça rabat la poussière prends quand même un parapluie Neville je sais que tu n'aimes pas les parapluies mais quand tu seras malade c'est moi que je devrai te soigner.

Neville s'était habitué à ce fond sonore comme, dans certaines familles, on ne prend plus garde à la télévision toujours allumée. Neville s'habitua aussi au changement d'établissement et promena son air d'ennui élégant au milieu de camarades plus bagarreurs que ceux du centre-ville. Il les impressionna par sa haute taille, ses répliques brèves et les cuites qu'il prenait le samedi soir.

Il n'avait pas oublié ce qu'il avait ressenti en jouant Roméo, mais il avait peur d'éprouver de nouveau de telles émotions. Alors qu'il était plutôt bon élève, il surprit ses enseignants en faisant le choix d'une seconde STG, sciences et technologies de la gestion. En dehors des heures de cours, il se défonçait en alternant les alcools bon marché et le shit de mauvaise qualité.

En classe de première STG, il eut un professeur de français, monsieur Aubert, qui proposa à ses élèves un poème de Guillaume Apollinaire.

*Un soir de demi-brume à Londres
Un voyou qui ressemblait à
Mon amour vint à ma rencontre
Et le regard qu'il me jeta
Me fit baisser les yeux de honte*

Ce fut l'électrochoc. Neville vola le recueil *Alcools* à la librairie et se dit les poèmes à mi-voix :

– *Je n'ai même plus pitié de moi
Et ne puis exprimer mon tourment de silence
Tous les mots que j'avais à dire se sont changés en étoiles*

Les larmes ruisselaient sur son visage. Guillaume Apollinaire parlait pour lui. Alors, il voulut tous les poètes, qu'il se procura gratuitement, et il fut…

– *Le Ténébreux, le Veuf, l'Inconsolé
Le Prince d'Aquitaine à la Tour abolie*

Il se murmura :

– *Demain, dès l'aube, à l'heure où blanchit la campagne,
Je partirai. Vois-tu, je sais que tu m'attends.*

Il se convainquit que :

– *C'est bien la pire peine*

De ne savoir pourquoi
Sans amour et sans haine
Mon cœur a tant de peine !

Quand il était seul dans le petit appartement, il apprenait par cœur d'immenses litanies, qu'il déroulait de sa voix sourde :

— *En ce temps-là j'étais en mon adolescence*
J'avais à peine seize ans et je ne me souvenais déjà plus de mon enfance
J'étais à 16 000 lieues du lieu de ma naissance...

Peu à peu, il s'enhardit. Quelqu'un ne lui avait-il pas dit un jour : « Lance ta voix vers le public, fais-toi entendre » ? Il eut dès lors un public imaginaire, surtout des femmes, et il se mit à déclamer à voix haute :

— *Je ne verrai probablement jamais*
Ni la mer ni les tombes de Lofoten
Et pourtant c'est en moi comme si j'aimais
Ce lointain coin de terre et toute sa peine.

Il s'arrêtait parfois à bout de souffle, pris de vertige au bord du gouffre.

— *Ah, les morts, y compris ceux de Lofoten,*
Les morts, les morts sont au fond moins morts que moi.

Il avait dix-sept ans. Il arrêta de boire, il arrêta de fumer, et un demi-sourire énigmatique se posa sur ses lèvres.

— *J'ai tendu des cordes de clocher à clocher ; des guirlandes de fenêtre à fenêtre ; des chaînes d'or d'étoile à étoile, et je danse.*

Et avec tout ça, réalisa-t-il enfin, je vais devenir expert-comptable.

Le hasard — mais à ce stade, Neville ne croyait plus qu'au destin —, le hasard fit qu'à la demande de sa mère il alla chercher un médicament dans une pharmacie du centre-ville et passa devant le porche du conservatoire d'art dramatique. Il entra, prit des renseignements et sut que c'était sa voie.

— C'est pour quoi faire ? lui demanda sa mère.

De façon très exceptionnelle, elle se tut en attendant la réponse.

— Acteur.
— C'est une école ?
— Oui.
— Une école où on devient acteur ?
— On apprend.
— Ça s'apprend ?

Pour Magali, on était ou on n'était pas acteur ; ce n'était pas un métier, c'était un état comme être ou ne pas être enceinte. Question de chance, de malchance dans son cas, puisqu'elle était tombée enceinte à seize ans.

— Mais alors… alors, tu vas être acteur ?

Magali comprenait enfin pourquoi elle avait fait un fils si beau. Il allait tourner dans des films, passer à la télévision.

– Déjà que tu as un nom d'acteur! dit-elle, toute contente de cette prémonition qui lui avait fait donner à son bébé le prénom d'un héros de feuilleton.

Neville avait un secret charmant. Au fond, tout au fond de lui, il aimait sa maman.

– Ça me portera bonheur, répondit-il très gentiment.

En ce jour d'automne ensoleillé, Neville était donc adossé au mur du conservatoire, enveloppé dans un long manteau noir très romantique, par 23 degrés à l'ombre. Son regard planait au-dessus de la cinquantaine d'étudiants entassés dans le hall. Il savait que parmi tous ces jeunes gens qui s'interpellaient, Titouan, Eugénie, Diane, Victor, il n'y avait ni fils ni fille de femme de ménage, et son sourire se faisait plus énigmatique que jamais. Ce fut Bastien qui le repéra.

– Eh mais, le grand là-bas, dit-il à Chloé en le lui désignant du doigt, c'est... Tu sais, le mec qui faisait peur? Mais si! En quatrième. Le psychopathe.

– Neville, marmonna Chloé.

C'est ainsi que nous nous sommes retrouvés dans le hall du conservatoire, un peu contraints, assez contents.

– Eh, vous vous rappelez? La mère Plantié?
– *La Mort d'Olivier Bécaille!*
– *Dom Juan!*
– *Roméo!*

Une fois dans la salle Talma avec les autres étudiants, nous nous sommes assis sur le même banc. Très contents finalement.

3
Mon adolescence était si ardente et si folle
que mon cœur brûlait comme le temple d'Éphèse...

Notre conservatoire. Nous l'avons tout de suite aimé. C'était une bâtisse du XIXe siècle, labyrinthique, mal chauffée, avec une cour intérieure où se donnaient rendez-vous les fumeurs. La salle Talma, où nous avions joué naguère *Roméo et Juliette*, était réservée aux étudiants du troisième cycle et aux auditions de début et fin d'année. C'est là qu'on nous fit passer devant un jury de trois hommes et une femme, qui se consultaient à mi-voix entre chaque prestation.

Bastien avait sur ce jury une information précieuse, qu'il tenait d'une cliente de ses parents.

– Le plus vieux avec des cheveux gris, c'est Jeanson. C'est chez lui qu'il faut aller. L'an dernier, il a placé trois de ses élèves au concours d'entrée du Conservatoire de Paris, et il y avait 1 200 candidats !

Mais Jeanson n'allait pas accepter tous les postulants dans son cours. Ils étaient trente-deux à passer, il n'en prendrait que la moitié. L'épreuve était encore plus simple que celle de l'option théâtre du baccalauréat : soit un monologue de trois minutes, soit une scène dialoguée de cinq minutes. Le verdict tombait tout de suite après de la bouche de Jeanson : pris en premier cycle avec l'un des trois autres enseignants, pris en deuxième cycle avec lui, ou pas pris du tout. Le passage se faisant par ordre alphabétique, Neville Fersen devait passer avant Chloé Lacouture, et Bastien Vion se trouvait être le dernier candidat.

— Tu as choisi quoi ? demanda-t-il à Neville.
— *La Prose du Transsibérien.*

Bastien, qui n'avait pas la moindre idée de ce que c'était, eut une mimique faussement admirative. Puis quand il vit Neville fermer les yeux pour se concentrer dans l'attente de son tour, il fit un sourire espiègle à Chloé. Du caractère tragique de Neville, il ne percevait que le côté risible.

— Monsieur Fersen ! appela l'appariteur.

Neville déplia brusquement sa haute taille, grimpa d'un pas précipité les cinq marches qui menaient à l'estrade et se planta à l'avant-scène en pleine lumière, très pâle, les yeux fiévreux, le col de sa chemise blanche largement ouvert. Beau comme un condamné à mort. Et sans attendre qu'on l'en priât, il mit en route le *Transsibérien*.

— *En ce temps-là j'étais en mon adolescence*
J'avais à peine seize ans et je ne me souvenais déjà plus de mon enfance...

— Ça serait mieux si on l'entendait, glissa Bastien à l'oreille de sa voisine.

Car Neville, ayant oublié sa voix à la maison, avait l'air de se confier aux trois chaises vides de la première rangée.

– ... *mon adolescence était si ardente et si folle*
Que mon cœur tour à tour brûlait comme...

– Merci monsieur, l'interrompit la femme du jury. Je crois que nous avons reconnu la prose de Blaise Cendrars.

Un petit rire agita ses collègues.

– Monsieur Fersen, fit alors une voix chaude et sonore, les auteurs ont pris la peine d'écrire des textes. Il faudra vous donner celle de les faire entendre.

– Merde, il est cuit, souffla Bastien à Chloé.

C'était monsieur Jeanson qui venait de laisser tomber le couperet de sa guillotine. Neville restait immobile sur la scène et sans réaction apparente. Les quatre professeurs se penchèrent les uns vers les autres pour échanger quelques phrases dans la pénombre de la salle Talma. Chloé tendit désespérément l'oreille pour essayer de saisir un mot au vol.

– Bien, reprit la voix ferme du vieux monsieur Jeanson, je vous inscris en deuxième cycle.

Bastien, en bon camarade, s'exclama « bingo ! » et se fit rappeler à l'ordre par l'appariteur :

– S'il vous plaît, dans la salle !

Une demi-douzaine de candidats défilèrent avant Chloé. Elle avait pensé qu'elle s'ennuierait, mais c'était passionnant. Chaque apprenti comédien apportait un monde avec lui. Il y eut cette jolie Eurasienne dont le teint d'ivoire était coquettement relevé par un petit grain de beauté au coin de la bouche. Chaque fois que sa langue trébuchait sur un mot, elle levait les yeux au ciel, s'impatientant contre elle-même.

— Mademoiselle, nous n'avons pas à savoir que vous êtes mécontente de vous, lui fit observer monsieur Jeanson. Un acteur ne fait jamais état de ses erreurs devant le public.

Il y eut ce garçon aux joues salies d'une maigre barbe qui se tint de guingois sur la scène, un pied un peu en dedans, une épaule plus basse que l'autre, et qui récita une atrocité d'Henri Michaux parlant d'abcès, de sang noir, de corps rongés par la maladie, de boudins se formant sous la peau… Sa voix prenait plaisir à patauger dans les excréments.

— C'est intéressant, monsieur. Tout le problème sera de savoir si vous pouvez élargir votre palette, conclut Jeanson.

Enfin, il y eut un garçon, plus âgé que nous, qui vint avec sa réplique, sans doute sa petite amie, jouer une scène d'Ernst Schilmelpefnitzemberg avec beaucoup de naturel. On oubliait qu'on était au théâtre, on se serait cru au café du coin.

— Monsieur, lui dit Jeanson, le naturel du théâtre n'est pas le naturel de la vie, même les banalités s'y disent autrement. Ce qui manque dans le texte doit se trouver dans votre jeu.

Ces trois candidats, Diane, Ronan et Samuel, furent acceptés en deuxième cycle. Quand ce fut le tour de Chloé, deux mains s'abattirent sur ses épaules.

— Merde, lui souffla Bastien du côté droit.
— Ça va aller, la rassura Neville de l'autre côté.

Même lorsqu'elle avait joué devant le jury du baccalauréat, Chloé n'avait pas ressenti cela. Ses jambes la portaient à peine, sa bouche était sèche, sa langue restait collée au palais. Non seulement elle avait oublié son texte, mais elle ne savait plus pourquoi elle était là.

— Tu ne pourras pas suivre à la fois le conservatoire et la prépa, lui avait dit sa mère.

Maman a raison, pensa Chloé, debout dans la lumière des projecteurs. En face d'elle, un trou noir. C'est de ce trou que partit la voix.

— Eh bien, mademoiselle, qu'allez-vous nous donner ?

Jeanson. C'était Jeanson. Chloé voulut lui donner quelque chose, ce quelque chose qu'il attendait d'elle. Elle put articuler :

— *Roméo et Juliette*, acte IV, scène 3.

Elle porta les mains à son cœur et resta ainsi, muette et glacée comme Juliette au bord de la tombe.

— Lancez-vous, mademoiselle ! Après tout, il ne s'agit que de mourir.

Un rire lui parvint de la salle, un seul. Les autres avaient pitié d'elle.

— Allons, Chloé, lumière !

Était-ce de s'entendre appeler par son prénom ou bien

ce cri de « lumière ! » lancé par Jeanson ? Elle se jeta dans son texte.

Juliette : Adieu !... Dieu sait quand nous nous reverrons. Une vague frayeur répand le frisson dans mes veines et y glace presque la chaleur vitale...

Elle savait sa tirade au rasoir, ce fut la femme du jury qui l'arrêta avant qu'elle bût la fiole.

– C'est bien, lui dit-elle, vous avez appris votre texte.

– Vous nous avez donné une très belle scène muette. Ça s'est un peu gâté quand vous avez parlé, plaisanta Jeanson. Je vais vous prendre dans mon cours, jeune fille. D'accord ?

C'était incroyable ce que ce vieil homme faisait tenir en quelques mots, de la moquerie, de la tendresse, et une indiscutable autorité.

– Monsieur Vion !

La salle était presque vide quand Bastien se leva à l'appel de son nom.

– Chewing-gum, lui chuchota Neville.

Bastien le cracha dans le Kleenex que lui tendit Chloé. Puis il grimpa les cinq marches à la façon leste et dégagée des acteurs qui viennent d'entendre au micro : « *And the winner is...* » Ses cheveux d'un blond roux et ses yeux assortis, ses traits bien dessinés, son air de bonne santé, sa façon d'irradier le contentement, c'était déjà en soi un spectacle. Il glissa les mains dans les poches arrière de son jean et déclara d'une voix gamine :

— Je vais vous donner *Le Fils de l'épicerie*. C'est de moi.

Il resservait aux professeurs du conservatoire le sketch qu'il avait écrit en troisième. Chloé entendit la femme du jury qui protestait : « Où se croit-il ? »

— Merci monsieur, l'interrompit bientôt Jeanson. Ne vous seriez-vous pas trompé de porte ? Nous ne cherchons pas de dramaturge ici. Nous formons des comédiens.

— Mais c'est... ce que je veux faire.

— Pourriez-vous enlever les mains de vos poches ?

Bastien obéit et perdit contenance. Jeanson reprit :

— La consigne était d'interpréter soit un monologue soit un dialogue tirés du répertoire. Faites-vous partie du répertoire, monsieur... Vion ?

— Non.

Bastien comprit qu'il était en train de perdre la partie, mais avec cette souplesse d'esprit qui n'appartenait qu'à lui, il rectifia :

— Non, monsieur.

Puis, avançant une main suppliante :

— Mais je peux apprendre un truc pour... pour une autre fois.

— Un truc ! se récria la voix haut perchée de la femme.

— Ce ne sera pas utile, jeune homme, dit Jeanson. Je vous prends dans mon cours. Mais je vous préviens, avec moi, on travaille.

Il se leva avec une vivacité étudiée.

— Eh bien, en voilà assez ! Quinze ou seize ?

– Seize, lui répondit sa collègue.

Seize élèves, dont nous trois. La question était : pourquoi nous trois ?

Neville avait été inaudible, Chloé avait paniqué et Bastien s'était comporté en fumiste.

– Vous avez le temps de prendre un verre ? proposa ce dernier.

Neville hésita un quart de seconde à la pensée qu'il ne devait pas dépenser inutilement de l'argent et Chloé une demi-seconde en songeant que sa mère l'attendait à la maison.

– OK, dirent-ils tous deux.

Le conservatoire s'ouvrait sur la place Sainte-Croix, la place la plus gaie de notre ville, bordée de terrasses de café au moindre rayon de soleil et accueillant des musiciens à la nuit tombée. Nous poussâmes la porte du Barillet, qui allait devenir notre QG.

Neville commanda un demi d'un ton viril, Bastien et Chloé un Coca. Il y eut un premier round d'observation où l'on se moqua des autres candidats, heureux ou malheureux, puis Bastien voulut faire rire en imitant la voix de Jeanson.

– Alors, monsieur Fersen, qu'allez-vous nous donner ?
– Stop it, le cingla Neville.

Bastien écarquilla les yeux, fit une grimace comique à l'intention de Chloé, mais n'insista pas. Au second round, chacun chercha à impressionner les deux autres.

— Je suis en prépa littéraire à Jean-Zay, je ne sais pas si je vais pouvoir tout mener de front, dit Chloé, qui énuméra : les dix heures du conservatoire, mes trente-cinq heures de cours et tout le taf à la maison !

— Moi, je suis inscrit en fac de droit, plastronna Bastien, mais ça va, je devrais pouvoir gérer.

Il le pourrait d'autant plus qu'il n'avait pas l'intention d'y mettre les pieds. Tous deux regardèrent Neville qui buvait sa bière, les yeux au loin.

— Moi ? Je deale, fit-il en posant son bock.

Bref coup d'œil entre Bastien et Chloé.

— Et vous envisagez d'être comédiens plus tard ? questionna Chloé.

Bastien, qui n'envisageait rien au-delà de l'heure suivante, déroula tout de même son plan de carrière, deux ou trois ans avec Jeanson, puis le concours d'entrée au Conservatoire de Paris.

— Avec le taux de réussite qu'a Jeanson, c'est quasiment dans la poche et, après le Conservatoire de Paris, je…

— C'est déjà dix-huit heures ? l'interrompit Neville, qui avait dressé l'oreille en entendant l'horloge voisine sonner six fois.

Il se leva tout en cherchant un peu de monnaie au fond de sa poche de manteau.

— Laisse, dit Bastien, je vais régler.

— C'est gentil de m'entretenir, mais je suis trop cher pour toi. See you !

– Spécial, marmonna Bastien en le regardant s'éloigner.

Lui, on pouvait le blaguer, le bousculer, le chiner, l'étriller. Il ne se vexait jamais.

– Tu as des frères, des sœurs ? demanda-t-il à Chloé pour relancer la conversation.

– Oui, une sœur.

Mais elle amorçait déjà un mouvement de retrait. Elle n'avait pas envie d'un tête-à-tête avec Bastien.

– Ma mère m'attend, dit-elle avec une petite grimace, c'est le genre qui appelle le commissariat si j'ai dix minutes de retard.

– OK, alors… à lundi ?

– Oui, à lundi. 18 heures, c'est ça ?

– C'est ça.

Ils se regardèrent. Ne s'embrassèrent pas.

Quand Bastien revint chez lui, après avoir traîné en ville de café en ciné, il trouva l'appartement plongé dans l'obscurité. La seule source de lumière et de vie était le téléviseur du salon. Monsieur et madame Vion regardaient un film marrant, qu'ils avaient pris en cours de diffusion après leur interminable journée. Monsieur Vion était depuis quelques semaines gérant du Carrefour Market, et sa femme se tenait à l'une des trois caisses. Ils avaient perdu toutes leurs économies, mais ils avaient remonté quelques barreaux de l'échelle sociale et vivaient dans une sorte d'hébétement laborieux. Bastien resta debout derrière eux sans se manifester. Affalés dans leur canapé, ses parents regardaient Jacques Villeret se démener au beau milieu du *Dîner de cons*. La tristesse saisit Bastien à la gorge sans crier gare. Il la délogea en secouant la tête et partit s'enfermer dans sa chambre. Il ferait rire. C'était sa vocation. Il ferait rire les gens fatigués qui s'affaissent le soir devant leur télé, la zappette à la main.

Le rire consolateur, le rire libérateur, le rire médecin !

4
Testiguienne, tu ne m'aimes point.

Les premiers jours de la prépa, Chloé se demanda dans quelle sorte de bagne pour enfants ses parents l'avaient débarquée. Jusque-là, elle s'était contentée de vivre gentiment de ses acquis socioculturels lui ouvrant droit à une mention *très bien* au baccalauréat. Et voilà que des brutes, armées de gourdins pédagogiques, surgissaient dans une paisible salle de classe et se mettaient à tenir des propos extravagants devant quarante jeunes gens terrorisés.

LE PROF D'HISTOIRE : 20, c'est pour Dieu le père. 19, c'est pour Dieu le fils. 18, c'est pour le Saint-Esprit. 17, c'est pour moi. Je note vos copies à partir de 16. J'ai mis un 16 il y a trois ans. Vous voyez donc que c'est tout à fait à votre portée.

LA PROF DE PHILOSOPHIE : Je mets des moins moins et des moins plus pour affiner la notation. Il y a, vous vous en doutez, une différence sensible entre un 10 moins moins et un 9 moins plus.

LA PROF DE FRANÇAIS : Pour mardi en 15, vous me commenterez la phrase de Roman Jakobson : « La poéticité n'est qu'une composante d'une structure complexe, mais qui transforme les autres éléments, de la même façon que l'huile n'est pas un plat particulier, mais peut faire d'une sardine une sardine à l'huile.» Je vous préviens que si vous me faites du copié-collé sur Internet, je m'en apercevrai.

Dans la panique du dimanche soir, Chloé téléphona à sa meilleure amie.

– Allô, Clem ? Tu as commencé le devoir de français ?

– Oui, j'ai trouvé un site très bien fait sur Roman Jakobson et un autre sur la poéticité.

– Aucun site sur les sardines à l'huile ? gloussa Chloé.

Elle quitta Clémentine après vingt-cinq minutes de lamentations sur tout le travail qu'elles avaient à faire, qui avaient repoussé d'autant le moment de s'y mettre. Et il y avait aussi les cinq pages d'expressions espagnoles à ingurgiter pour le lendemain après-midi.

Chupar el bote : vivre aux frais de la princesse.

– Mais quel Espagnol a besoin de dire ça ? soupira Chloé à haute voix.

Madame Lacouture, qui s'inquiétait pour la santé de sa grande fille, poussa la porte de sa chambre en y voyant la lumière encore allumée à minuit passé.

– Il faut que tu dormes, ma chérie…

– Mais j'ai à peine commencé ma dissert, gémit Chloé.

– Tu finiras demain soir.

– Mais non ! Demain, j'ai le conservatoire jusqu'à 21 heures !

– Ça, je te l'avais bien dit que tu ne pourrais pas faire les deux, marmonna sa mère en refermant vite la porte.

Les larmes montèrent aux yeux de Chloé. La raison lui dictait de finir sa dissertation le lendemain soir plutôt que d'aller faire Dieu sait quoi avec ce fumiste de Bastien et ce frimeur de Neville. Mais… mais elle avait envie d'entendre la voix de monsieur Jeanson lui crier : « Lumière, Chloé ! »

La salle Sarah-Bernhardt était vaste, laide et nue, comme doit l'être un lieu où s'exerce l'imagination. On y accédait par un escalier aux marches inégales, on déposait sacs et manteaux sur deux tables et on se déchaussait. Puis on allait s'asseoir sur un des bancs collés aux murs.

Quand Chloé entra dans la salle, elle salua de loin Diane et Samuel, qui étaient déjà là, et glissa en chaussettes sur le linoléum jusqu'au banc où elle se tassa sur elle-même. Comme une sardine en boîte, songea-t-elle, tant son sujet de dissertation l'obsédait. Quelqu'un fit craquer le banc en s'asseyant à côté d'elle, quelqu'un qui étendit ses jambes devant lui. Horreur ! Au bout de ces jambes, il y avait deux pieds nus avec des doigts de pied qui se tortillaient comme de gros vers blancs. Chloé détestait les pieds, les orteils surtout.

– Bonsoir, dit Ronan.

C'était le maigre barbu qui aimait dire des textes dégoûtants. Chloé eut un tressaillement de joie en apercevant Bastien puis Neville qui franchissaient la porte d'entrée. Elle courut vers eux, leur fit la bise et s'assit entre les deux.

Monsieur Jeanson arriva avec dix minutes de retard, la sacoche débordant de papiers. On perdit encore une bonne demi-heure en chicaneries administratives, frais d'inscription, photos d'identité qui manquaient, et Chloé s'exaspérait en songeant à tout le travail qu'elle aurait pu faire pendant ce temps-là. Enfin, monsieur Jeanson distribua le texte sur lequel ses étudiants allaient s'entraîner. Bastien poussa une petite exclamation de plaisir en voyant sur la couverture du document : *Dom Juan*, Molière

Il allait pouvoir faire rire en jouant Sganarelle. À l'intérieur de la chemise cartonnée, il y avait quatre feuilles photocopiées.

Acte II, scène 1
CHARLOTTE : Qu'est-ce que c'est donc qu'iglia ?
PIERROT : Iglia que tu me chagraines l'esprit, franchement.
CHARLOTTE : Et quement donc ?
PIERROT : Testiguienne, tu ne m'aimes point.

– C'est quoi, ce truc ? grommela Bastien.
Jeanson rappela que Dom Juan essayait de séduire une paysanne sous le nez de son fiancé puis traduisit le patois que Molière avait mis dans la bouche de ses personnages. Chloé, déjà assommée par sept heures de cours, eut l'im-

pression de remettre le couvert. Non, vraiment, elle n'avait pas faim d'explication de texte. Elle voulait JOUER.

Elle s'était presque endormie, la tête contre le mur, quand elle sentit Bastien s'ébrouer près d'elle.

– Bon, on se met ensemble ?

Elle tressaillit.

– Hein ?

Elle crut qu'il lui demandait si elle voulait sortir avec lui. Mais il agita les photocopies sous son nez.

– Je fais Pierrot, tu fais Charlotte. Hé, oh, réveille-toi, on est au conservatoire !

Les élèves devaient se mettre par deux pour répéter la scène. Il y avait, par chance, autant de Charlotte que de Pierrot. Diane, qui était assise sur le banc voisin, se pencha vers Neville pour lui demander d'être son partenaire. Bastien et Chloé lui jetèrent un regard mécontent. Mais il était difficile de jouer à trois une scène prévue pour deux. Neville s'isola dans le fond de la salle avec la belle Eurasienne au teint d'ivoire tandis que Bastien et Chloé répétèrent ensemble sans quitter leur banc. Bastien saisit tout de suite les possibilités comiques d'un rôle d'idiot de village et il roula les « r » tout en roulant les yeux. Chloé eut du mal à garder son sérieux. Monsieur Jeanson s'approcha d'eux, et Bastien voulut l'éblouir en se donnant à fond. Le professeur l'interrompit en posant doucement la main sur son épaule.

– Non, ne prends pas d'accent berrichon. Tu n'imites pas un paysan. Tu joues du Molière.

Bastien, qui était un imitateur-né, ne comprit pas ce que le professeur lui voulait, et se contenta de hausser les sourcils, mi-perplexe, mi-vexé. C'était bien la première fois qu'une réflexion l'atteignait. Il se consola en faisant remarquer à Chloé la tête lugubre de Neville en face de Diane.

— Ce n'est pas son genre, s'amusa-t-il.
— Diane ?
— Non, Pierrot !
— Un comédien doit pouvoir tout jouer, non ?
— Je ne crois pas. On est limité par son physique. Moi, j'ai un physique de comique, toi...

Quelques claquements de mains l'interrompirent au grand regret de Chloé, qui aurait bien aimé savoir quel physique elle avait. Jeanson demanda à ses élèves de se munir de leur texte et de se placer de part et d'autre d'une ligne imaginaire, les Charlotte d'un côté, les Pierrot de l'autre.

— Ne vous mettez pas en rangs à intervalles réguliers comme des plants de poireau ! les bouscula-t-il. Bougez, marchez ! Mais ne perdez pas votre partenaire des yeux. Il doit y avoir comme une corde tendue entre vos regards.

Jeanson se mit à circuler parmi ses étudiants, zigzaguant, les évitant parfois de justesse et les asticotant :

— Bon, alors, les garçons, vous êtes amoureux, hein ? Cette fille, vous voudriez bien vous la faire... Redresse-toi et arrête ta danse d'ours.

Ceci à l'adresse de Ronan qui se tenait voûté et se dandinait d'un pied sur l'autre.

– Et vous, les filles, quand un garçon a envie de vous, vous le sentez, non ? Qu'est-ce que vous faites à ce moment-là ? Vous baissez la tête, vous rentrez la poitrine, vous vous excusez d'exister ?

Jeanson se planta devant Chloé qui se tenait en effet toute ratatinée depuis qu'il était question de séduction.

– Allons, jeune fille… Comment t'appelles-tu ?

– Chloé.

– Chloé. Du courage, Chloé ! Au théâtre, on est d'abord un corps, un corps en pleine lumière que dix, vingt, cent, mille personnes regardent et détaillent. Un corps avec des jambes, pose bien tes pieds au sol, voilà. Lâche tes mains, ne cache rien. Tu as un corps avec des seins, Chloé, tu es un corps de fille. Maintenant, respire, respire…

Chloé était devenue écarlate. Jeanson s'écarta d'elle, après une petite tape sur l'épaule.

– Le premier langage est celui du corps. Les mots, ça vient après… Dès que vous vous sentez prêtes à dire la première phrase, les filles, lancez-vous. Peu importe qui parle. *Quement ? Qu'est-ce que c'est donc qu'iglia ?* Allez !

Le silence s'établit dans la salle. On n'entendait plus que le glissement des chaussettes sur le linoléum.

– Courage, ce n'est qu'une phrase à lancer dans l'espace ! Chloé ?

Elle se rétracta à l'appel de son prénom. Ce type la persécutait !

– Lumière, Chloé !

Sa voix partit sans qu'elle pût la retenir :

— *Quement ? Qu'est-ce que c'est donc qu'iglia ?*

Chloé se sentit très fière d'elle pendant un quart de seconde, avant d'être cassée par Jeanson.

— Ne monte pas la voix sur le point d'interrogation, ça te donne un ton gnangnan. Allons, les garçons, quelqu'un qui lui réponde !

Ce fut Ronan qui se mit en avant.

— *Iglia que tu me chagraines l'esprit, franchement.*

Ronan avait choisi de prendre un accent traînant de crétin des Alpes, et Bastien comprit qu'il faisait fausse route, car on voit mieux ses propres défauts quand un autre les endosse.

— Non, non, laisse tomber l'accent, c'est cliché ! l'interrompit le professeur. Ne mange pas les syllabes, lis bien ce qui est écrit. C'est Molière qui l'a écrit. Pas toi. MOLIÈRE ! Allons, les filles, on reprend : *Quement ?*

Une heure plus tard, hagards ou les nerfs en pelote, les Charlotte et les Pierrot avaient réussi à enchaîner une dizaine de répliques, mais Neville n'avait pas ouvert la bouche.

— Eh bien, mon garçon, il faut se risquer, lui fit remarquer Jeanson.

— Peux pas, dit-il entre ses dents.

Jeanson s'abstint de le bousculer comme il l'avait fait avec tous les autres. Il se contenta d'un petit signe de tête oblique. Mais au moment de la pause, alors que Neville s'apprêtait à rejoindre Bastien et Chloé, le profes-

seur le rappela d'un sonore «Jeune homme!» Neville s'approcha de lui, déjà tout bardé de justifications ou d'excuses.
— J'ai oublié votre prénom, commença Jeanson.
— Neville.
— C'est cela. Neville. *Tu me demandes pourquoi je tue Alexandre ? Veux-tu donc que je m'empoisonne, ou que je saute dans l'Arno ?* Vous pourriez m'apprendre cette tirade dans *Lorenzaccio* ?
— C'est de qui ?
— Musset. Vous en avez entendu parler ?
D'instinct, Jeanson vouvoyait Neville.
— OK. Musset, fit Neville, le ton neutre, le visage sans expression.
— Acte III, scène 3. Pour lundi prochain.
— OK, répéta Neville en se détournant.
Chloé et Bastien l'attendaient impatiemment dans la petite cour intérieure en compagnie de Samuel et de Diane, tous deux fumeurs. Dès que leur camarade parut, Chloé et Bastien s'écartèrent des deux autres.
— Qu'est-ce qu'il t'a dit ? demanda Bastien.
Neville raconta la scène qui venait de se passer entre le prof et lui.
Nous nous tenions serrés tous les trois dans un coin de la cour, nous touchant de la main ou du bras.
Serrés comme des sardines en boîte, songea Chloé, effondrée.
— Ça va ? lui dit soudain Neville.

— Tu as l'air crevée, ajouta Bastien.

Leur sollicitude lui fit monter les larmes aux yeux. Voulant leur expliquer que ce n'était rien d'autre qu'une surcharge de travail, elle ouvrit la bouche et, à sa grande surprise, il en sortit ceci :

— C'est à cause de mes parents.

En quelques phrases, elle leur parla de ce qu'elle appela « sa vocation contrariée ». Ses parents ne voulaient pas qu'elle fasse le conservatoire. Si elle récoltait de sales notes à ses premiers devoirs, ce qui était presque la coutume en prépa, ils en profiteraient pour lui dire d'abandonner le théâtre.

— Et puis, j'ai un devoir à rendre pour demain, une vraie prise de tête. Une métaphore de sardine à l'huile, je n'ai rien compris !

Une larme coula le long de sa joue. Dans son dos, une voix lança :

— Vous venez ? Ça reprend !

C'était Diane, désireuse de récupérer son Pierrot.

— Oui, oui, on arrive ! lui répondit Bastien.

Il restait un peu moins d'une heure de cours, mais Chloé n'était plus en état d'y assister.

— Je te raccompagne ? lui proposa Neville.

— Je peux rentrer toute seule, protesta Chloé, qui reculait devant cette nouvelle possibilité de tête-à-tête.

— Tu as raison, dit Bastien, il en profiterait pour te draguer.

— Mais va coucher ! riposta Neville avec un geste

d'énervement du bras destiné à Bastien, et qui fit sursauter Chloé.

Nous sommes revenus tous les trois par les rues de notre petite ville, déjà désertes à 20 h 30.
Bastien se tenait à quelque distance de Neville pour lui balancer des vannes sans risquer de prendre un coup.
« Et vous, les filles, qu'est-ce que vous faites quand vous sentez qu'un garçon a envie de vous ? » Chloé avait la réponse à la question de monsieur Jeanson. Elle riait. Prise entre deux feux, comme une sardine sur le gril.

5
J'aime le vin, le jeu et les filles.

L'argent manquait vraiment chez les Fersen. Quand Magali avait fini de payer le loyer, le chauffage et l'électricité, il lui restait juste de quoi acheter à manger. Depuis plusieurs années déjà, Neville se débrouillait pour payer ses vêtements et son abonnement téléphonique. Il déchargeait les cageots sur les marchés ou lavait les vitrines des magasins. Quand il ne pouvait pas faire autrement, il volait. Il avait appris sur Internet la technique permettant de forcer les antivols des supermarchés. Pour Lorenzaccio, il lui suffit de glisser le petit livre au fond de la poche de son grand manteau noir puis de quitter la librairie, l'air dégagé.

Neville n'était pas un lecteur. Il alla directement à la scène 3 de l'acte III indiquée par monsieur Jeanson et marmonna :

— *Tu me demandes pourquoi je tue Alexandre ?*

Il ne comprit pas grand-chose à la tirade, mais certaines phrases le heurtèrent au passage. *Ce meurtre, c'est tout ce qui me reste de ma vertu… Mais j'aime le vin, le jeu et les filles…*

— Who's that guy ? s'interrogea Neville à mi-voix.

Il n'y avait qu'une façon de le savoir, et Neville s'y résigna. Il s'allongea sur son lit en soupirant. Acte I, scène 1. Deux heures plus tard, Lorenzaccio était poignardé, son corps jeté dans la lagune de Venise, et Neville pleurait, serrant le livre contre lui de ses deux mains crispées. Il ÉTAIT Lorenzaccio.

— Neville ! Neville !

Magali Fersen avait une façon particulière d'appeler son fils. Il y avait de l'angoisse dans sa voix.

— Ne crie pas, je t'entends.

— Ah, tu es là, fit-elle, apaisée.

Elle avait posé sur la table de la cuisine son cabas plein de boîtes de conserve, de paquets de nouilles et de riz. De quoi survivre une semaine.

— Tu as pris un coup d'air dans les yeux, remarqua-t-elle en rangeant ses provisions. Tu as les yeux rouges c'est comme moi le vent ça soulève la poussière et ça va me déclencher ma crise d'asthme il faudrait qu'il pleuve c'est ce qu'ils avaient annoncé à la météo de la pluie mais ils se trompent une fois sur deux ils feraient bien de regarder par la fenêtre avant de parler je t'ai pris des coquillettes je sais que tu les aimes mieux que les papillons enfin je ne sais pas si ça s'appelle des papillons en italien des papilloni peut-être.

Neville ne savait pas comment faire taire sa mère. Il

attendait le petit moment d'hésitation qui lui permettrait de dire enfin ce qui lui brûlait les lèvres, cette seule phrase qui importait et qu'il aurait prononcée en anglais : « Who's my father ? » Il se souvenait d'avoir réclamé son père quand il était petit garçon et sa mère lui avait répondu quelque chose comme : « C'est quelqu'un de pas bien. » Dans sa tête, ce quelqu'un de pas bien était devenu un voleur, un homme qui avait disparu de sa vie parce qu'il était en prison. Mais il avait planqué le magot de son braquage et, un jour, il serait libéré et il donnerait tout l'argent à son fils. Quand Neville volait dans un magasin, il arrivait que des images défilent à toute vitesse devant ses yeux. On l'arrêtait, il allait en prison, son père le reconnaissait. Papa ! Toi, mon fils ! Bref, depuis dix ans, Neville se faisait des films.

Il dut attendre le lendemain matin pour répéter sa tirade dans l'appartement désert. Tout ce que disait Lorenzo, que les autres appelaient Lorenzaccio par mépris, lui déchirait le cœur. Ses yeux étincelaient quand il questionnait : *Crois-tu donc que je n'aie plus d'orgueil, parce que je n'ai plus de honte ?* Puis des larmes enrouaient sa voix quand il ajoutait : *… et veux-tu que je laisse mourir en silence l'énigme de ma vie ?* Il ne comprenait pas d'où lui venaient ces émotions. Étaient-elles contenues dans ces mots couchés sur le papier ? Ou bien avait-il dans son cœur un réservoir de haine et de souffrance, quelque chose d'effrayant comme une envie de tuer ?

Dès le lundi midi, il commença à éprouver des sensations bizarres, des variations de température du glacé au brûlant, des crampes dans le ventre, une difficulté à respirer. Il but un peu d'alcool pour oublier son trac et oublia surtout son texte puis, à partir de 17 heures, il regarda sa montre toutes les dix minutes. Au moment de s'asseoir sur le banc à côté de Chloé, il hésitait encore entre deux solutions : passer en premier ou se faire oublier.

– Bon, je crois que j'avais suggéré de chercher des textes autour de Don Juan la semaine dernière, commença Jeanson en dévisageant tour à tour ses seize élèves. Quelqu'un a-t-il trouvé quelque chose ?

– Oui, moi, dit Ronan, qui se mettait systématiquement en avant.

– Qu'est-ce que vous allez nous donner ?

– *Don Juan aux Enfers*. Baudelaire.

Ronan se plaça au centre de la salle, tortu, bossu, ses gros doigts de pied recroquevillés.

– *Quand Don Juan descendit vers l'onde souterraine…*

– Holà, jeune homme ! l'interrompit Jeanson comme s'il saisissait un cheval fou par la bride. Tout d'abord, je ne me souviens plus de ton nom.

– Ronan Figuerra.

– C'est cela. Ronan. Eh bien, Ronan, tu dois faire une entrée. On est au théâtre. Donc, tu vas dans la pièce à côté qui nous sert de coulisse et tu traverses la scène jusqu'à nous. Vu ?

Ronan fit donc son entrée, une entrée bancale, furtive,

le regard à ras de sol. Puis, avisant la chaise que le professeur venait de quitter pour s'asseoir parmi ses élèves, il s'y laissa choir et recommença.

— *Quand Don Juan descendit vers l'onde souterraine...*

La voix caverneuse, l'œil vitreux, il enfila les quatrains jusqu'au vers final.

— *... Regardait le sillage et ne daignait rien voir.*

— Parfait, dit Jeanson.

Et tout le monde comprit que parfait signifiait nul.

— As-tu déjà entendu parler de la diérèse ?

— Ça me dit quelque chose, répondit Ronan innocemment.

— C'est une chance parce que, sans la diérèse, il n'y a pas de poésie. On ne prononce pas « audacieux » comme tu l'as fait, mais audaci-eux. Quatre syllabes. Pas mendiant. Mais mendi-ant. Trois syllabes.

— Mais ça fait bizarre, ricana Ronan.

— Oui, monsieur, c'est de la poésie ! s'enflamma Jeanson. C'est artifici-el ! Si les gens veulent entendre parler comme dans la vie, ils ne vont pas au théâtre, ils restent chez eux. Maintenant, tu recommences et tu soignes tes diérèses.

— *Quand Don Juan descendit...*

— Non, monsieur. Tu sors et tu nous refais une entrée.

Ronan grimaça d'exaspération mais il obéit. Au moment où il allait de nouveau s'asseoir, Jeanson s'écria :

— Non, monsieur ! L'alexandrin, c'est quatorze pieds, les douze du vers et les deux sur lesquels tu te tiens.

Ronan laissa échapper un soupir et, debout, recommença.

— *Quand Don Juan descendit…*

Jeanson l'arrêta à : *montrant leurs seins pendants et leurs robes ouvertes.*

— Mais on ne voit rien ! Tu nous parles de seins qui pendent, mais ton œil est vide ! Dis-toi qu'une de ces femmes impudiques et flasques, c'est… je ne sais pas, moi… cette demoiselle.

Comme Jeanson désignait Diane, Chloé retint à peine un soupir de soulagement.

— Recommence en la regardant. Décris-nous ce que tu vois, et je le verrai aussi.

Le changement fut saisissant. Ronan posa le regard sur Diane et une mimique de dégoût s'imprima sur ses traits tandis qu'il prononçait :

— *Montrant leurs seins pendants et leurs robes ouvertes*
Des femmes se tordaient sous le noir firmament

— Mieux, c'est mieux, approuva Jeanson. Tu es à l'aise avec le répugnant, hein ?

Ronan retourna s'asseoir avec un ricanement. Sur son banc Neville se ratatinait, dans l'espoir de se faire oublier.

— Eh bien, qu'est-ce que nous avons d'autre au programme ? questionna Jeanson.

Neville, sentant sur lui le regard du professeur, s'arrêta de respirer.

— Je ne vous avais pas demandé de préparer quelque chose dans *Lorenzaccio* ?

— Si, dit Neville sans bouger.
— Vous êtes prêt ?
— Oui.

Il se leva comme un automate et se dirigea vers la coulisse.

— Attendez ! le rappela Jeanson. Je dois situer le contexte pour vos camarades.

Neville vint se placer près du professeur, dont il écouta à peine les explications. De toute façon, dans l'état de trouble où il était, il ne comprenait plus rien.

— Le jeune Lorenzo de Médicis vit dans l'Italie de la Renaissance. Il a décidé de tuer un dictateur, n'importe lequel, par amour de la République ou pour faire parler de lui. Il devient le compagnon de débauche, l'ami du tyran Alexandre, attendant l'heure de le frapper.

Jeanson donna une tape sur l'épaule de Neville comme s'il ajoutait : « On compte sur toi. » Neville partit dans la coulisse puis fit son entrée, livide, détruit, désespéré. Il s'immobilisa, ferma les yeux, tenta d'oublier qu'il était en jean et en chaussettes, se vit au soleil couchant dans une ruelle florentine, les bottes aux pieds et drapé de noir. Au loin, un chien aboie, une fille chante à la fenêtre, l'eau coule à la fontaine. Lumière, Neville ! Il ouvrit des yeux hallucinés.

— *Tu me demandes pourquoi je tue Alexandre ? Veux-tu donc que je m'empoisonne ou que je saute dans l'Arno ?...*

Jeanson l'arrêta au bout de quelques phrases.

— Là, là, c'est bon, dit-il comme s'il s'adressait à un animal sauvage.

Il se leva du banc et désigna Neville de la main, comme un conférencier attirant l'attention du public sur un tableau ou une statue.

— Notre ami Neville est bien entré dans son personnage de comploteur. Il a peur que des oreilles ennemies ne l'entendent. Malheureusement, nous, nous avons payé nos places pour écouter une pièce de Musset. Au théâtre, les confidences se font à voix haute… Recommencez.

Bastien et Chloé commencèrent à craindre le pire. Mais comme Ronan, Neville obéit. Seulement, le charme était rompu, il ne marchait plus dans les rues de Florence. Quand il fit sa deuxième entrée, il se voyait tel qu'il était, en chaussettes sur du linoléum.

— *Tu me demandes pourquoi je tue Alexandre ?*

Jeanson l'interrompit au même endroit que précédemment.

— Qu'est-ce que vous me faites ? Vous boulez votre texte à présent !

Jeanson utilisait parfois des expressions inconnues de ses élèves, mais qu'il précisait aussitôt.

— Prenez votre temps pour dire cette tirade, ce sera une bonne base de travail… Recommencez. Plus lentement.

Un gémissement s'échappa des lèvres de Neville comme s'il était à la torture. Il se passa la main sur les yeux, le front, dans les cheveux, puis secoua la tête. Il renonçait.

— Non, non, ne vous bloquez pas, dit Jeanson. Inspirez lentement. Voilà. Soufflez. Inspirez. Soufflez.

Neville obéit, les lèvres frémissantes.

— Dès que vous êtes plus calme, vous reprenez.

Cinq secondes de silence absolu. Dix secondes, vingt secondes. Neville ouvrit la bouche mais se contenta de happer un peu d'air.

— D'accord, tournez-vous, lui ordonna Jeanson, la voix sèche. Oubliez-nous. Dites : *Tu me demandes pourquoi je tue Alexandre ?*

Le dos tourné, Neville répéta la phrase d'une voix mourante.

— Plus fort, demanda Jeanson.

Neville força un peu la voix.

— Plus fort.

Neville essaya encore.

— Plus fort.

Et ainsi de suite jusqu'à ce que Neville se mît à hurler :

— Mais je vais le tuer !

Des soubresauts agitèrent ses épaules puis, la tête dans les mains, il étouffa ses sanglots. Bastien se dressa à demi sur son banc, prêt à lui porter secours, mais Chloé le fit rasseoir en le tirant par le bras.

— Nous allons faire une pause, nous avons tous besoin de nous aérer, observa Jeanson tandis que Neville, tête basse, filait se rechausser.

Nous nous sommes regroupés dans la petite cour intérieure, Ronan et Diane se joignant à notre trio.

– Il est un peu sadique, remarqua Ronan, l'air d'apprécier.

– Je ne vois pas l'intérêt qu'il y avait à emmerder Neville comme il l'a fait, protesta Bastien.

– Non, c'est moi, c'est moi, fit Neville en se tapant deux fois sur la poitrine.

Diane lui tendit son paquet de cigarettes et lui qui ne fumait plus en accepta une. Pour détendre l'atmosphère, Chloé raconta ses malheurs d'élève de prépa, son 6,5 en géographie dont elle n'avait pas encore annoncé la bonne nouvelle à ses parents, et le fait qu'elle avait passé une heure la veille à traduire un texte en anglais avant de s'apercevoir que c'était un thème pour le cours d'espagnol.

– On retourne se faire massacrer ? proposa Ronan.

– Je ne suis tout de même pas si méchant, fit une voix sortant de l'ombre.

Personne n'avait remarqué que monsieur Jeanson était entré dans la cour. Qu'avait-il entendu exactement ?

– Je ne suis pas là pour vous tourmenter, dit-il. Enfin… si, un peu. Il faut bien que j'aille vous chercher où vous êtes. Les escargots, on les sort avec une pique.

Il taxa Diane d'une cigarette avant de reprendre d'une voix que l'admiration faisait vibrer.

– C'est un beau personnage que ce Lorenzaccio, le plus beau du théâtre romantique. « Regardez-moi ce lendemain d'orgie ambulant. Regardez-moi ce visage morne, qui sourit quelquefois, mais qui n'a pas la force de rire. »

Il donna deux tapes amicales dans le dos de Neville.

– C'est un rôle pour vous.

Il lui conseilla ensuite de ne pas répéter seul.

– Habituez-vous à avoir un public. Votre mère si c'est votre mère. Ou un copain. Une grande sœur.

Au moment de remonter dans la salle de cours, il retint Neville par le bras.

– Retravaillez cette tirade. Parlez fort. Parlez lentement. N'y mettez pas d'émotion, ça vous embrouille.

À 21 h 10, nous sommes repartis par les rues endormies de notre petite ville, la cervelle en ébullition, le corps rompu, le cœur débordant.

– Il est sympa, Jeanson, grommela Neville, mais je n'ai personne pour me faire répéter.

Chloé, reculant toujours devant le tête-à-tête, n'osa pas se proposer.

– On peut travailler ensemble si tu veux ? dit Bastien.

– OK. Mais pas chez moi. C'est pourri.

– Chez moi aussi, c'est pourri.

Chloé les invita donc à venir travailler chez elle. Ils acceptèrent avec empressement sans se douter qu'un petit frisson d'excitation avait parcouru Chloé. Quelle serait la réaction de maman quand elle lui présenterait Neville et Bastien, ses camarades du conservatoire ?

6
Depuis un moment, mais pour toute ma vie,
J'aime, que dis-je, aimer ? j'idolâtre Junie.

Bastien était amoureux de Chloé. « Ça, c'est fait », se dit-il comme s'il venait de régler un problème. Le serait-elle de lui ? C'était une autre question. Neville était un concurrent sérieux, les filles aiment les garçons mystérieux. Est-ce que Neville aimait Chloé ? Probablement pas. Mais, comme son camarade Lorenzaccio, il aimait les filles.

Chloé leur avait donné rendez-vous à tous deux pour répéter à tour de rôle. Bastien avait envie de les épater en préparant quelque chose à l'avance. Jeanson lui avait proposé le monologue dans *L'Avare* : *Au voleur ! Au voleur ! À l'assassin ! Au meurtrier !* lorsque Harpagon découvre qu'on lui a volé son pauvre argent, sa chère cassette. Bastien n'avait pas lu la comédie de Molière et n'avait pas l'intention de l'acheter. Il n'avait pas changé depuis la classe de troisième. Travailler ? Jamais. Ses parents avaient dans leur collection de films marrants tous ceux de Louis de Funès, dont *L'Avare*. Il lui suffirait de mémoriser le monologue en visionnant plusieurs fois le DVD au bon endroit, comme certains enfants jouent un morceau de musique sans rien savoir du solfège. Par imitation. Il ne fallut pas plus d'une demi-heure à Bastien pour calquer les grimaces du comédien. Il sautait des phrases, il disait « quel bruit on fait là-haut ? » à la place de « quel bruit fait-on là-haut ? ». Mais c'était sans importance, l'essentiel étant de faire rire. En pensée il tenait déjà son public dans le creux de sa main.

Le vendredi, à cinq heures de l'après-midi, piaffant d'impatience, il sonna à l'interphone des Lacouture. Au même instant, Neville parut à l'angle de la rue. Bastien ne sut pas s'il en était agacé ou soulagé.

— Oui ? fit la voix de Chloé.

— C'est nous, annonça Bastien, tout en tendant la main à son camarade.

— Troisième étage ! claironna la voix dans l'interphone.

Neville s'apprêtait à grimper l'escalier, mais Bastien, toujours partisan du moindre effort, appela l'ascenseur. Du coin de l'œil, il étudiait Neville. Quand il ne prenait pas ses grands airs de drame, il gardait un impossible demi-sourire. Tout bien considéré, il était agaçant. Mais assez facile à singer…

Chloé les attendait sur le pas de la porte, sa petite sœur sautillant dans son dos. Clélia avait presque dix ans et un comportement de bébé que les parents Lacouture encourageaient.

– C'est qui ? C'est qui ? demanda-t-elle en tirant sa sœur par le vêtement.

– Mais je te l'ai dit. Des camarades qui font du théâtre avec moi.

Neville jeta sur Clélia le regard qu'il aurait eu pour un chiot mal dressé, tandis que Bastien s'extasiait sur l'appartement. Il était vaste, lumineux, bourgeoisement meublé, les filles ayant chacune leur chambre. Mais Chloé, qui ne pouvait laisser deux inconnus pénétrer dans son intimité, proposa de travailler au salon.

– Alors, qui commence ? questionna-t-elle, stylée par son prof de géographie, qui ne cessait de répéter que chaque minute d'une journée devait être utilisée.

Bastien eut une soudaine montée de trac, à laquelle il ne s'attendait pas du tout. Il commença par une imitation de Jeanson.

– Je vais vous situer le contexte…

Mais Neville s'impatienta.

– Tu le fais ou tu le fais pas ?

Bastien, qui était resté à demi vautré sur le canapé, se dressa d'un bond et lança le fameux *Au voleur ! Au voleur !* Puis il dit toute sa tirade avec une frénésie grotesque à la de Funès. Clélia et Chloé riaient sans retenue tandis que Neville, qui poussait le sens du ridicule jusqu'à l'éprouver à la place des autres, gardait les yeux baissés. Quand Bastien arriva au final : *Je veux faire pendre tout le monde et, si je ne retrouve pas mon argent, je me pendrai moi-même après*, Clélia l'applaudit et Chloé, riant encore, déclara :

– C'est vraiment ça ! sans pouvoir préciser ce que « ça » voulait dire.

Bastien se rassit, content de lui, et lança à Neville :

– Alors, tu nous assassines Alexandre ou pas ?

Neville avait l'intention de travailler sa scène comme Jeanson lui avait conseillé de le faire au cours précédent. Il se leva et se dirigea vers le fond de la pièce.

– Parlez fort et lentement, jeune homme, fit Bastien. N'oubliez pas que nous avons payé nos places.

– Ta gueule, lui répondit paisiblement Neville.

Là-dessus, il se mit à réciter sa tirade, forçant sa voix comme si elle devait franchir la rampe d'un théâtre. Il avait vidé son cœur de toute émotion, mais le timbre de sa voix était émouvant. Clélia porta les mains à ses oreilles, puis sortit du salon. Neville essaya ensuite diverses intonations, demanda conseil à Chloé, chercha de quels gestes accompagner ses paroles. Bastien finit par s'étirer en bâillant bruyamment.

– Il n'y aurait rien à manger ?

La séance se termina par un engloutissement précipité de tartines au Nutella, car Chloé s'était aperçue qu'elle devait apprendre ses préfectures, commenter *Le Loup et l'Agneau* et décider si l'art imitait la nature ou si la nature imitait l'art, ce qui était une assez lourde responsabilité pour une jeune fille de dix-sept ans. Elle eut aussi le plaisir au moment du dîner d'entendre sa petite sœur lui demander quand les garçons reviendraient.

– Les garçons ? releva madame Lacouture tandis que monsieur Lacouture, qui s'apprêtait à enfourner sa cuillère à soupe, suspendit son geste.

– On répète nos rôles ensemble.

– Bastien, il est trop rigolo quand on lui vole sa cassette, ajouta Clélia, mais l'autre, il m'a fait peur avec ses histoires de crime.

Chloé, levant les yeux vers le plafonnier, nomma Molière et Musset pour qu'ils lui servent de témoins de moralité, puis fit diversion en présentant à ses parents son 6,5 en géographie.

De son côté, Bastien revint de chez Chloé satisfait du succès qu'il y avait remporté. Mais le vide des journées qui suivirent finit par lui donner le vertige. Il résista tout de même à la tentation de rendre une visite de courtoisie à sa fac de droit et se contenta de prendre l'air plus souvent.

Le centre-ville étant des plus petits, ce fut ainsi qu'il tomba sur Neville et lui paya un pot au Barillet. Ils parlèrent de choses et d'autres, de la chorale du conservatoire, de la difficulté de trouver un job en ce moment.

– Je dois faire des courses aux Galeries Lafayette, dit enfin Neville en se levant. Merci pour le verre.

Le voyant si bien disposé à son égard, Bastien proposa de l'accompagner.

– Tu n'es pas surmené, remarqua Neville.

– Sur *Second Life*, j'étudie à Harvard, je possède un zoo et je me prostitue. Mais autrement, c'est tranquille.

Neville entraîna son camarade au rayon homme des chemises de marque, Cardin, Kenzo et Cie. Après avoir farfouillé un moment dans un bac de produits soldés, Neville se baissa devant un casier, sortit un gros objet métallique de la poche de son manteau noir et l'approcha d'un antivol de chemise.

– Merde, fit Bastien entre ses dents.

Il se dépêcha de s'éloigner et s'absorba, le cœur tremblant et les mains moites, dans la contemplation d'un tourniquet de cravates. Quand on lui tapota l'épaule, il retint un cri de terreur. C'était Neville.

– Tu as envie d'une cravate ? lui demanda-t-il.

– Non, non.

Neville poussa la porte des Galeries sans qu'aucune sonnerie ne se déclenchât.

– Tu aurais pu me prévenir de ce que tu allais faire, grogna Bastien, vexé d'avoir eu tellement peur. C'était quoi, ce machin en métal ?

– Un aimant.

– Putain, tu es carrément un truand !

Neville prit un ton de mélodrame pour répondre :

– *Oui, cela est certain, si je pouvais revenir à la vertu, si mon apprentissage du vice pouvait s'évanouir !*

– Tu es con, dit Bastien, riant malgré lui. Je suis un fils de commerçant, moi. Tu fais chier.

Neville riait, lui aussi. Soudain, il saisit Bastien par la manche et lui fit attraper le tram.

– On fait quoi maintenant ? s'informa Bastien. Un détournement de tramway ?

Était-ce pour se justifier que Neville fit entrer Bastien dans son appartement, au huitième étage d'une HLM ?

– La planque du truand, dit-il en poussant la porte de sa chambre.

À part le lit et un ordinateur, la pièce était vide. Neville ouvrit son manteau et, d'une profonde poche intérieure cousue dans la doublure par ses soins, il extirpa la chemise encore sous emballage.

– C'est pratique, admit Bastien.

Mais il n'était pas au bout de ses découvertes. Neville sortit une bouteille de rhum à 55° de sous son oreiller. Elle était à peine entamée, il n'en avait bu que quelques gorgées ce lundi où le trac l'avait tourmenté. Il porta le goulot à sa bouche, puis tendit la bouteille à bout de bras en direction de Bastien, qui fit non de la tête.

– À quand remonte ta dernière cuite ? lui demanda Neville.

– À jamais. Je n'aime pas l'alcool.

– Tu as tort.

Neville leva la bouteille vers le ciel comme s'il portait un toast et déclama d'une voix sauvage :

– *Ma femme est morte, je suis libre !*
Je puis donc boire tout mon soûl.

– Tu as de la voix quand tu veux, commenta Bastien, mal à l'aise.

– Bois, bois, camarade !
Je l'ai jetée au fond d'un puits,
Et j'ai même poussé sur elle
Tous les pavés de la margelle.
Je l'oublierai si je le puis !

– Il est pas bien, ce type, soupira Bastien.

Mais il accepta la bouteille tendue et en prit une gorgée, dont il faillit s'étouffer.

– Pourquoi tu dis que je suis quelqu'un de pas bien ? demanda Neville, interloqué.

– Je n'ai pas dit ça.

Bastien avala une deuxième gorgée, qui lui parut plus supportable que la première…

Comment se retrouva-t-il, assis sur la moquette usée, le dos appuyé à celui de Neville, et chantant avec lui tous les airs du *Roi Lion* depuis *Hakuna matata* jusqu'à *L'amour brille sous les étoiles* ? Il faut croire que le niveau du rhum avait sérieusement baissé dans la bouteille à ce moment-là.

Quand Neville et Bastien se retrouvèrent le lundi soir salle Sarah-Bernhardt, ils échangèrent un regard mi-gêné mi-complice, dont Chloé se sentit exclue.

– Tu vas passer aujourd'hui ? lui demanda Bastien.

– Comment veux-tu ? fit-elle sur un ton d'exaspération. Je n'ai pas eu le temps de répéter !

Chloé avait utilement occupé son week-end à étudier le développement des foires de Champagne au XIIIe siècle pour son prof d'histoire et le déclin de la zone industrialo-portuaire de Dunkerque au XXe siècle pour son prof de géographie.

Ce fut Samuel qui ouvrit la séance de ce lundi, Samuel qui était en licence de droit, vivait en couple, portait le catogan, et paraissait avoir en tout point une longueur d'avance sur les autres. Il avait choisi l'horrible aveu que Néron fait de son amour pour la femme qu'il vient d'enlever.

NÉRON : Depuis un moment, mais pour toute ma vie,
J'aime, que dis-je, aimer ? j'idolâtre Junie.

Le catogan faisait de l'effet.

— Samuel… C'est bien Samuel ? l'interrompit Jeanson au bout d'une dizaine de vers, est-ce que vous ne confondez pas les tragédies de Racine avec *Plus belle la vie* ?

Jeanson rappela à Samuel ce qu'étaient la diérèse, la diction poétique et blabla, tandis que les autres élèves checkaient leurs textos sur leur portable ou relisaient du coin de l'œil le petit bout de scène qu'ils allaient peut-être interpréter.

— Monsieur Vion, ne serait-ce pas votre tour ?

Bastien détestait que Jeanson l'appelât monsieur Vion.

— Qu'est-ce que vous allez nous donner ?

— Ben, *L'Avare*.

Il refusait de se laisser impressionner par un professeur, et pourtant les battements de son cœur s'accélérèrent quand il se leva de son banc. Il rejoignit la coulisse puis fit son entrée en criant «Au voleur! Au voleur!» d'une voix qui dérapa dans les aigus sous l'effet de l'émotion. Mais il se ressaisit dès qu'il entendit les premiers rires de son public. C'était gagné. Même Jeanson avait l'air de s'amuser.

— Très bien, dit-il à la fin du monologue.

Tout le monde comprit que très bien signifiait très mal.

— Qu'est-ce que vous nous avez joué?

— Dans mon souvenir, c'était *L'Avare* de Molière, répondit Bastien en mettant les mains dans les poches arrière de son jean.

— Personnellement, j'ai vu *L'Avare* de Louis de Funès.

— C'est normal, c'est un peu LA référence, rétorqua Bastien.

— Vous avez peut-être remarqué, monsieur Vion, que je ne montre jamais comment jouer un rôle. Parce qu'il y a mille façons d'être Harpagon.

— Quand on joue la comédie, on doit faire rire, se défendit Bastien pied à pied. Et j'ai fait rire, non?

— Mais oui.

— Et c'est mal?

L'échange devenait tendu.

— Pouvez-vous entendre ce que je vous dis, Bastien? Vous n'avez pas interprété Harpagon, vous avez imité de Funès.

— Parce que c'est un des plus grands acteurs comiques de tous les temps!

Chloé, assise près de Neville, l'entendit soupirer :
— Mais lâche l'affaire.
Tout le monde sentait que Bastien avait tort. Tout le monde comprenait pourquoi Bastien avait tort. Sauf Bastien. Jeanson vit que ce garçon, qui avait du courage et du talent, était en train de s'enferrer. Il lui tendit une dernière perche.
— Je crois que j'ai fait une erreur en vous confiant un monologue. Vous avez besoin d'un partenaire.
— J'aimerais autant UNE partenaire, fit Bastien avec un rire de blague.
Jeanson secoua la tête, désillusionné. Ce garçon n'écoutait pas ce qu'on lui disait. Il allait perdre son temps au conservatoire.

À la pause, dans le petit groupe de Diane, Ronan et Samuel qui fumaient en rond, Bastien se vanta de ne jamais s'aplatir devant les profs et vexa les trois autres en sous-entendant qu'ils étaient des lèche-bottes.
— Où en êtes-vous avec *Lorenzaccio* ? demanda Jeanson à Neville quand tout le monde eut repris sa place sur les bancs.
Neville, le truand, répondit d'une voix intimidée :
— Je me suis entraîné, mais je ne sais pas trop…
Jeanson lui fit signe de la main de venir le rejoindre au centre de la salle.
— Lentement. Fort.
— Oui.

Inspire. Souffle. Inspire. Souffle. Vas-y.
— *Tu me demandes pourquoi je tue Alexandre ?...*
Neville ne sauta ni une phrase ni une syllabe. Sa voix chaude et bien placée allait cogner le mur d'en face et, tandis qu'il disait son texte, Jeanson, à ses côtés, commentait en sourdine :
— C'est ça, prends le temps... Non, non, ne crie pas... Soutiens tes fins de phrase... Pense à respirer, sinon tu te fatigues et tu fatigues l'auditeur... Bon. Arrête-toi.
Neville se tut, ferma les yeux, et sentit une main qui lui broyait l'épaule, une main qui disait : « Ça y est, j'en tiens un. » Un comédien.

Nous sommes repartis du conservatoire silencieux, presque méditatifs.
— Tu as une sacrée mémoire, finit par dire Bastien, ne sachant pas comment traduire son admiration pour Neville.
— J'aime apprendre.
— Ça doit être mon problème, moi, je n'aime pas, admit Bastien, presque à regret.
Chloé en fut touchée et offrit de répéter sa scène avec lui.
— Qu'est-ce que Jeanson t'a donné ? lui demanda-t-elle.
— *Le Jeu de l'amour et du hasard*, répondit Bastien.
À l'énoncé du titre, Chloé regretta de s'être proposée.

7
Dites-moi un petit brin que vous m'aimez.

Chloé n'était pas encore passée. Ce n'était pas entièrement sa faute. Jeanson ne savait pas quel texte lui donner. Il lui avait suggéré de retravailler Juliette, mais en faisant lui-même une moue.

— Une fable de La Fontaine ? s'était-il interrogé à haute voix.

Chloé s'était récriée, *Le Corbeau et le Renard*, ah, non, merci ! Donner la réplique à Bastien sur du Marivaux pouvait donc être une solution. Mais la scène 3 de l'acte III était, comme ne manquerait pas de le souligner Jeanson, une scène d'amour.

ARLEQUIN : Dites-moi un petit brin que vous m'aimez. Tenez, je vous aime, moi ; faites l'écho, répétez, princesse.

Bastien, qui avait feuilleté la pièce tout en matant des vidéos sur YouTube, n'y avait pas compris grand-chose, comme il l'avoua à Chloé lorsqu'ils se retrouvèrent devant un Coca au Barillet.

— Sylvia qui se déguise en Lisette, Arlequin qui se déguise en je ne sais plus qui…

— Dorante, dit Chloé, qui avait déjà mis la pièce en fiches.
— Et c'est impossible à apprendre ! gémit Bastien. Il y a une phrase qui fait cinq lignes.
— Jeanson dit qu'on peut garder le texte sous les yeux la première fois qu'on passe.

Bastien était si déprimé par la perspective de devoir travailler qu'il n'arrivait même pas à profiter de ce tête-à-tête avec Chloé.

— Oh, tu ne sais pas comment Neville s'habille ? fit-il soudain.
— Comment il s'habille ? répéta Chloé, les yeux ronds.
— Non, je veux dire comment il se procure ses fringues, rectifia Bastien.

Ses yeux pétillèrent. Ça y est ! Il allait pouvoir faire rire. Il mima la scène aux Galeries Lafayette puis il n'hésita pas à se rendre lui-même ridicule dans le rôle du brave garçon qui se prend la première cuite de sa vie. Une heure plus tard, ils n'avaient toujours pas ouvert *Le Jeu de l'amour et du hasard*, mais ils se racontaient leur vie, surtout Chloé, qui avait besoin de débonder son cœur.

— Le prof de géo nous rend les devoirs par ordre décroissant en nous collant bien la honte devant tout le monde. Il y a des filles qui se mettent à pleurer quand elles voient qu'elles ont 2 ou 3, et il leur dit : « Ah, non, vous ne réussirez pas à me culpabiliser. C'est à vous de vous endurcir, vous êtes dans un univers compétitif ! » Et la prof de philo ! Elle m'a accusée d'avoir copié sur des sites, elle a barré la moitié de mon devoir et elle a écrit gros comme ça : INADMISSIBLE !

— C'est pas beau de pomper sur Internet, la chambra gentiment Bastien.

— Mais ce n'était pas vrai ! protesta Chloé, les larmes lui sautant brusquement aux yeux.

— Oh, excuse, excuse, bredouilla Bastien, troublé jusqu'aux larmes, lui aussi.

— Je ne sais même plus ce que je fais dans cette prépa, j'ai l'impression que je ne vaux rien. Et je suis toujours en retard d'un devoir, je fais mon thème de latin en cours d'anglais, ma version espagnole en géo, mon commentaire de français en philo. Ça n'en finit jamais. *Il faut imaginer Sisyphe heureux*, mais moi, je ne le suis pas.

— C'est qui, ça, Sisyphe ? demanda Bastien en prenant un ton de benêt.

— Oh, laisse tomber, c'est de la déformation de prépa. Je commence à faire des citations de Camus…

Leurs regards se croisèrent et, dans celui de Bastien, Chloé vit de l'admiration.

— Marivaux, ce sera pour une autre fois, fit-elle en rassemblant hâtivement ses affaires. Là, il faut que j'y aille.

— Tu es très belle, murmura Bastien, perdant un peu la tête.

— Hein ?

— Non, rien… Tu viens demain ?

Le mercredi après-midi avait lieu l'atelier sur le « corps

en jeu » avec Margaret Stein, une professeure du conservatoire.

— Oui... non, dit Chloé, j'ai une colle d'histoire jeudi. Il faut que je révise.

Gardant son air d'élève harassée, elle fit de la main un petit signe d'adieu tandis qu'à ses oreilles tintait encore « tu es très belle ».

Quand madame Stein faisait son cours, la salle Sarah-Bernhardt ressemblait à un asile d'aliénés. Pendant les exercices de relaxation, il fallait prendre l'espace — c'était l'expression de Margaret Stein — en s'étirant, en bâillant, gémissant, roulant la tête. Pendant les exercices de ressenti, on s'imaginait sous une douche chaude, relaxante, qui devenait froide brusquement, ou en train de boire un café, les deux mains sur le bol, une buée odorante venant se coller au visage.

— Attention, ce n'est pas du mime, expliquait madame Stein. Vous devez sentir l'eau sur votre peau, vous devez halluciner l'odeur du café.

Il lui arrivait de prendre à partie l'un ou l'autre, par exemple Diane.

— Tu mets tes lunettes, tu essaies de lire et tu t'aperçois que tu n'y vois plus clair. Que fais-tu ?

Diane essuya ses lunettes imaginaires, puis les remit.

— Mais ce n'est pas intéressant ! s'écria madame Stein. Je te dis que tu ne vois pas clair ! Que se passe-t-il en toi ? Que penses-tu ? Je veux le lire sur ton visage.

Le groupe tâcha de venir en aide à Diane :
— Elle pense, merde, il faut que je rachète des lunettes.
— Elle se dit, ma vue a changé…
— Je vieillis.
— Oui, voilà une idée ! s'écria madame Stein. Comment vas-tu traduire cela, « merde, je vieillis » ?

Diane prit un air contrarié et soupira en rejetant ses lunettes.

— Mais non, c'est du cliché, la rabroua madame Stein. Au théâtre, il faut surprendre. Si tu me montres ce que j'attends, je vais m'ennuyer et, au théâtre, on s'ennuie au bout de trente secondes.

Bastien prit le relais, il serra d'imaginaires lunettes contre son cœur, le visage crispé, jusqu'à s'en faire mal. Puis rouvrit la main et constata, l'air un peu désorienté, qu'il les avait cassées.

— Oui, c'est ça ! s'écria madame Stein.

Elle ne jurait que par Bastien, dont elle appréciait ce qu'elle appelait sa « sincérité ».

À d'autres moments, quelqu'un tirait au sort des petits papiers sur lesquels il était écrit par exemple : « Vous avez très envie de faire pipi et il n'y a pas de W.-C. » Comme les séances d'improvisation rappelaient à Chloé le petit cours de madame Bramenton, elle manquait une fois sur deux.

— Dites-moi, Bastien, l'interpella madame Stein à la fin de la séance, votre camarade a-t-elle arrêté le conservatoire ?

– Chloé ? Non, non ! Mais elle est en prépa, elle est un peu débordée.
– C'est dommage, dit madame Stein, mon cours lui ferait du bien. Elle a besoin de se lâcher.
Le lundi soir, sans mauvaise intention, Bastien rapporta ces paroles à Chloé.
– Que je me lâche ? Quelle conne ! commenta Chloé, qui se souvenait de son humiliation quand madame Bramenton l'avait trouvée « rétractée ».

Au cours de monsieur Jeanson, les rangs se clairsemaient. Trois étudiants déjà avaient abandonné et les treize autres cherchaient leur chemin. Samuel avait renoncé à l'alexandrin et à sa redoutable di-érèse. Il travaillait la première scène dans *La Vie de Galilée* de Bertolt Brecht. Le rôle de Galilée était très beau, et Samuel ne s'en sortait pas si mal.
– Vous cherchez encore à être naturel, lui reprocha pourtant Jeanson. Vous aplatissez le texte. Que le vent se lève au point d'exclamation ! Comme ceci : *On avait toujours dit que les astres étaient fixés sur une voûte de cristal pour qu'ils ne puissent pas tomber. Maintenant nous avons pris courage et nous les laissons en suspens dans l'espace, sans soutien, et ils gagnent le large comme nos bateaux, sans soutien, au grand large !*
C'était la première fois que Jeanson se donnait en exemple. Ceux qui tripotaient leur téléphone avaient levé les yeux, ceux qui bavardaient entre eux s'étaient tu.

— Du souffle, Samuel ! *La terre roule joyeusement autour du soleil, et les poissonnières, les marchands, les princes, les cardinaux et même le pape roulent avec elle !*

Le souffle ! Nous le sentîmes passer sur nous trois. Et une question nous traversa l'esprit : que fait cet acteur dans un petit conservatoire de province ? Pourquoi n'est-il pas devenu célèbre ? Il s'arrêta bientôt, un peu gêné de s'être laissé aller.

— Bien… heu… Bastien, vous avez trouvé quelqu'un pour vous donner la réplique ?

— Oui. Chloé.

Chloé s'empourpra. Elle n'avait pas du tout décidé de passer ce soir-là.

— On… on n'a pas répété, bredouilla-t-elle.

— Eh bien, nous allons débroussailler la scène ensemble, répliqua Jeanson en lui faisant signe de quitter son banc.

Il indiqua leur place à Arlequin et Lisette face au public.

— Prends ton livre dans la main gauche, Bastien, tu vas avoir besoin de l'autre pour le jeu de scène.

C'était bien ce que Chloé redoutait… Pour tenir son amoureux en respect, elle afficha l'air pincé des Lacouture.

LISETTE : C'est par galanterie que vous faites l'impatient. À peine êtes-vous arrivé ! Votre amour ne saurait être bien fort ; ce n'est tout au plus qu'un amour naissant.

Tandis qu'elle lisait son texte, elle entendait monsieur Jeanson qui l'imitait entre ses dents, tatata, tatata.

– N'essaie pas de mettre le ton, Chloé. Dis les mots sans monter ni baisser la voix. Platement. D'accord ?

Chloé rougit sans répondre et Arlequin enchaîna.

ARLEQUIN : Vous vous trompez, prodige de nos jours ; un amour de votre façon ne reste pas longtemps au berceau !

Bien que butant parfois sur les mots, Bastien n'hésita pas à faire le pitre. Tant pis s'il était critiqué par Jeanson. Il n'avait pas d'amour-propre.

– D'accord, c'est bien, l'encouragea Jeanson. Mais c'est marqué dans ton bouquin : «ARLEQUIN, *en lui baisant la main.*» Qu'est-ce que tu attends ?

– La permission de Lisette, répondit Bastien du tac au tac, provoquant un rire général, tant Chloé paraissait peu permissive.

– Allons, un peu de sérieux, gronda mollement Jeanson. On reprend à *cher joujou de mon âme.* Prends la main de Lisette, Bastien. Voilà, tu mets un baiser entre chaque phrase comme une ponctuation et tu remontes le long du bras. Ce serait bien si tu remontais ta manche, Chloé. Embrasser un sweat, ça doit faire grincer des dents.

Chloé obéit, de plus en plus furieuse, sans savoir si c'était contre Jeanson, contre Bastien, contre Marivaux ou contre elle-même.

LISETTE : Allons, arrêtez-vous, vous êtes trop avide.

JEANSON : Avide, tu entends ce mot, Bastien, tu es avide ?

Bastien, gêné, riant, se démenait entre le texte et la pantomime.

Arlequin : De la raison ? Hélas, je l'ai perdue ; vos beaux yeux sont les filous qui me l'ont volée.
Jeanson : Mais approche-toi. Colle-la, nom de Dieu ! Le sweat, Lisette, il redescend sur ta main. Tu as quelque chose en dessous ? Oui ? Alors, enlève ce sweat !

Chloé, dépassée par ce qui lui arrivait, eut encore assez de présence d'esprit pour tourner le dos au public avant d'ôter son sweat par la tête. Elle portait un petit débardeur rose comme ses joues. Quand elle fit de nouveau face, elle était échevelée, implorante, et les yeux de Bastien s'alanguirent en se posant sur elle.

Arlequin : Mais je vous aime comme un perdu, et vous verrez bien dans votre miroir que cela est juste !

Chaque fois que Bastien reprenait ses distances pour lire son texte, Jeanson le ramenait d'une bourrade tout contre Chloé.

Arlequin : Que voulez-vous ? Je brûle et je crie au feu !

Comme si ces mots étaient plus qu'elle ne pouvait en supporter, Chloé repoussa Bastien, qui vint se cogner à Jeanson.

Jeanson : Eh, Lisette, en voilà des façons !
Bastien : Non, non, c'est ma faute, monsieur, je bande !

Il y eut un silence de stupeur puis un tonnerre de rires et d'applaudissements.

— Seigneur Dieu ! s'exclama monsieur Jeanson en portant la main à son front dans un geste tragique. Si tu n'existais pas, Bastien, il faudrait t'inventer.

— C'est ce que mes parents ont pensé, mais ils ont

regretté depuis, dit Bastien en se rasseyant sur son banc, victime de sa «sincérité».

À la fin du cours, Jeanson s'approcha de Chloé, qui était en train de refaire le lacet de ses chaussures.

— Natalia, lui dit-il.

Chloé haussa les sourcils, vexée que Jeanson ait oublié son prénom.

— Natalia, acte IV, scène 1, précisa Jeanson, qui aimait ménager ses petits effets. C'est un rôle pour toi.

— Comique ? s'inquiéta Chloé.

— Pas vraiment. *Le Prince de Hombourg* est un drame romantique de Heinrich von Kleist. Il te faudra un partenaire pour jouer l'Électeur.

Jeanson eut un sourire de malice.

— Puisque Bastien est… impraticable, tu pourrais demander à Samuel ou à Ronan ?

Chloé acquiesça en réprimant un frisson de répulsion. Trop de poils chez l'un, trop de doigts de pied chez l'autre.

8
*Je veux seulement qu'il existe,
c'est pour lui-même que je le veux.*

Pour l'anniversaire de sa mère, Neville lui avait offert un foulard Desigual. Volé. C'était devenu une habitude.
— Je ne cherche plus de job. Travailler, c'est la misère.
Il s'était confié à Bastien en quelques phrases hachées par la colère.
— Je vois ma mère. Depuis l'âge de seize ans, elle travaille. Les produits d'entretien lui bouffent les poumons. Tout ça pour même pas le SMIC. Les gens devraient se révolter. Arrêter de nettoyer la merde des autres. Que les pauvres arrêtent de travailler.
— Je crois que c'est prévu. Ça s'appelle la grève.
Bastien, que Neville impressionnait, avait l'humour pour seule ligne de défense.
— Et le conservatoire ? demanda-t-il.
— Quoi, le conservatoire ?
— Ce sera fini pour toi si tu te fais pécho par les keufs.

— Ne te crois pas obligé de me parler comme à un débile.

Fin de la discussion.

Puis Bastien s'était confié à Neville.
— Tu crois que j'ai mes chances avec Chloé ?
— Tes chances de quoi ?
— Mais que... enfin, tu vois ?
— Non.

Il parut peu viril à Bastien de s'avouer amoureux.
— De coucher.
— Tu veux que je lui demande ?
— Tu es con.

Mais Neville échafauda un plan. Chloé avait besoin d'un partenaire pour jouer sa scène. Il allait sonner chez elle le vendredi suivant et lui proposer son aide.
— Et au bon moment, je lui dis que tu es amoureux.
— Non !
— Tu n'es pas amoureux d'elle ?
— Si ! Mais non... Mais qu'est-ce qu'elle va penser de moi ?
— Que tu es quelqu'un de bien puisque tu es amoureux d'elle.
— Ça se défend, dit Bastien après réflexion.

En fait, Chloé avait trouvé une solution pour répéter sans faire appel à un camarade du conservatoire. Elle avait enrôlé sa petite sœur. Toutefois, après avoir écouté l'histoire du *Prince de Hombourg*, Clélia demanda à jouer un autre personnage que l'Électeur de Brandebourg qui veut faire fusiller ce pauvre prince de vingt ans.

– Mais justement, lui expliqua sa grande sœur, Natalia va supplier l'Électeur de faire grâce à Hombourg et, à la fin de la scène, il accepte.

– Il est méchant seulement au début ?

– Il fait semblant.

L'idée de faire semblant d'être méchante ravit Clélia et, quand Chloé lui eut dessiné des moustaches au bouchon brûlé, son bonheur fut sans limites. Chloé put alors poursuivre ses explications.

– Je vais entrer en courant et me jeter à genoux. Toi, tu es assise…

– Sur mon trône ?

– Non, c'est seulement un bureau. Tu es en train de lire des papiers.

Chloé posa sur la table le texte qu'elle avait photocopié pour sa petite sœur avec ses répliques surlignées en jaune. Elle-même, qui ne savait pas encore très bien ses tirades, garderait son livre à la main. Elle sortit dans le couloir figurant la coulisse puis entra dans la chambre de Clélia et se jeta à genoux comme prévu.

Natalia : **Mon oncle vénéré, Frédéric de Brandebourg !**

– Il lui dit de se relever, fit Clélia, consultant sa photocopie.

– Mais ne me dis pas ce qu'il dit, dis-le ! s'énerva Chloé.

– Bon, alors, relève-toi.

NATALIA : Non, laissez, laissez-moi comme je suis, je veux, prosternée à vos pieds, vous supplier d'accorder votre grâce à mon cousin, le prince de Hombourg. Si je veux le savoir sauvé, ce n'est pas pour moi, même si je l'aime, je vous l'avoue. Mais non, si je veux le savoir sauvé, c'est pour lui. D'ailleurs, il peut épouser qui il veut. Je veux seulement qu'il existe, c'est pour lui-même que je le veux...

— C'est triste quand même, soupira Clélia, que la voix plaintive de sa grande sœur insupportait.

— Mais tu t'en fiches. Tu prends un air méchant, c'est tout.

Clélia croisa farouchement les bras en fronçant les sourcils.

— Comme ça ?

Chloé ne put s'empêcher de rire puis eut un petit sursaut de surprise en entendant sonner à l'interphone. Elle fut encore plus surprise quand Neville s'annonça.

— C'est qui ? s'informa Clélia.

— Un des garçons avec qui je joue.

— Celui qui fait rire ou celui qui fait peur ?

— Celui qui fait peur, lui répondit Chloé avec une certaine conviction.

Elle demanda d'ailleurs assez abruptement à Neville ce qu'il venait faire.

— Tu n'as pas besoin d'une réplique ?

— Il n'y a que trois phrases. Ma sœur s'en charge.

Neville jeta un coup d'œil à Clélia, et la vue de la moustache lui tira un petit sourire.

— C'est toi qui veux fusiller Hombourg ?
— Mais c'est pour de faux ! se récria Clélia en prenant sa voix de bébé.
— On dit ça… *Sauve-moi ! Il n'y a que moi sur la terre entière qui sois faible et incapable de me sauver… Moi qui regardais la vie comme une féerie, demain, je serai couché entre deux planches, à pourrir !*
— C'est lui, le Prince ? demanda Clélia à sa sœur tout en dévorant Neville des yeux.
— Tu as appris le rôle ? s'étonna Chloé.
— J'en ai lu un passage à voix haute. Mais c'était bizarre… C'était comme si je savais déjà les mots que je disais. C'était dans ma tête. Je ne sais pas trop comment expliquer…

Il paraissait souffrir à chercher sa pensée.
— C'est peut-être ta sœur qui a raison ?

Il eut un rire d'autodérision avant de marmonner :
— Je suis le Prince.

Chloé et Clélia s'entre-regardèrent, séduites par ce timide aveu.
— Je n'ai pas eu le temps de lire la fin, reprit-il. Il est vraiment gracié ?
— Oui ! s'écrièrent Chloé et Clélia, heureuses de pouvoir faire cela pour lui.

Se souvenant de sa mission, Neville déclara à Chloé, les yeux dans les yeux, qu'il avait « un truc » à lui dire. Au même moment, un bruit de clés se fit entendre. Neville et les deux filles étaient restés dans le vestibule, Chloé ayant hésité à faire entrer le garçon. Sachant qui était derrière la porte, elle prit tout de suite sa décision.

— Bon, au revoir ! dit-elle d'une voix forte. Ah, c'est toi, maman ? Je te présente Neville. Il s'en allait.

Elle jouait faux, mais Neville comprit le sous-texte : dégage !

— Bonjour, madame, au revoir, Chloé.

La beauté du jeune homme ainsi que l'agitation de ses deux filles mirent la puce à l'oreille de madame Lacouture.

— C'est un garçon de ta classe ? demanda-t-elle, se doutant bien de la réponse.

— Non, du conservatoire. Les garçons de ma classe sont moches.

Chloé comprit, en la disant, que c'était la phrase de trop.

Madame Lacouture avait l'habitude de pousser la porte de la chambre de sa fille aînée, quand celle-ci travaillait tard dans la nuit, pour lui proposer le réconfort d'une tisane.

— Tu ne vas pas te coucher, ma chérie ?

— Pas tout de suite.

— Hum... Il a l'air gentil, ce garçon. Comment il s'appelle déjà ? Un drôle de nom...

— Neville.

— C'est celui qui est amoureux de toi ?

La main de Chloé se resserra sur le stylo-plume. Inspire. Souffle. La technique de monsieur Jeanson.

— Il n'est pas amoureux de moi.

— Ah, je croyais. C'est l'autre, alors ? Celui qui fait rire, comme dit ta sœur.

— Mais pourquoi veux-tu qu'ils soient amoureux de moi ? s'écria Chloé en lâchant son stylo.

— Écoute, à ton âge, j'en avais des garçons qui me tournaient autour. Je ne vois pas ce qu'il y a de mal à cela.

Chloé, prise d'un petit accès de vanité féminine, eut envie de parler de l'effet qu'elle faisait à Bastien. Mais quelque chose dans la voix de sa mère la retint. Celle-ci continuait de parler de ses flirts de jeunesse avec des rires et des regards de connivence. Mais elle perdait son temps. Chloé reprit son stylo.

— Tu m'excuses, maman, j'ai encore mon deuxième axe à rédiger.

Quand elle se coucha, il était presque deux heures du matin. Pourtant elle n'avait pas sommeil. Quel était le « truc » que Neville avait voulu lui dire ? Malgré elle, les paroles de sa mère s'insinuaient dans son cœur. Neville était-il amoureux d'elle ? Et Bastien qui la trouvait très belle. Elle étouffa un rire dans son oreiller. Elle avait hâte de se retrouver sur son banc entre Arlequin et le prince de Hombourg.

Jeanson faisait passer en moyenne six élèves par séance et exigeait de tous un travail soutenu, notamment pour la mémorisation rapide des textes.

— Chloé, tu as travaillé Natalia ?
— Le début. Mais je n'ai pas de réplique.

— Ce sera moi, dit Jeanson. Prends ton élan pour traverser la scène, elle court, elle se jette à genoux. Mais n'oublie pas qu'elle est empêtrée dans une robe longue.

Un peu embrouillée par ces indications scéniques contradictoires, Chloé se dirigea vers la coulisse en se répétant mentalement les premiers mots : *Mon oncle vénéré, Frédéric de Brandebourg*. Au moment de s'élancer vers Jeanson, Chloé fit le mouvement de relever le bas de sa robe, et elle qui avait toujours rêvé de jouer en costume d'époque crut entendre un bruissement soyeux quand elle s'agenouilla. Halluciner, halluciner les sons, les odeurs, les sensations, c'était ce qu'on apprenait au cours de madame Stein.

Natalia : Mon oncle vénéré, Frédéric de Brandebourg !

Quand elle en fut à la tirade *laissez, laissez-moi comme je suis*, Chloé s'entendit jouer faux et elle s'arrêta net.

— Eh bien, qu'est-ce qui t'arrive ? lui demanda Jeanson.
— J'ai un trou.
— Non, tu n'as pas un trou. Tu n'es pas concentrée. Recommence.

Elle repartit vers la coulisse. Quelle déception ! Elle avait cru que c'était gagné. Natalia, son pas de gazelle, sa robe de soie... Mais patatras, elle avait parlé, et elle n'était plus que Chloé Lacouture, élève de prépa. Pourtant elle recommença parce que l'art du comédien, comme disait Jeanson, est l'art du recommencement. Après quelques phrases, il l'interrompit.

— Chloé, tu récites, c'est insupportable ! Il faut t'enlever cette petite musique de la tête, tatata, tatata. Les mots doivent te venir aux lèvres comme s'ils montaient de ton cœur.

C'est là qu'il se passa une chose étrange. Neville se leva du banc.

LE PRINCE DE HOMBOURG : Ah ! Ma tombe ! Je viens de les voir, aux lueurs des torches, les fossoyeurs qui creusent la tombe où mes os seront alignés demain. Tu vois mes yeux, qui te regardent ? On veut les recouvrir de nuit. Pose ta main sur mon cœur ! On veut le trouer de balles meurtrières.

Jeanson était d'abord resté muet et comme pétrifié. Il sembla soudain sortir du néant où l'avait plongé son élève. Il marmonna : «Non, mais...», puis appliqua les deux mains sur les épaules de Neville.

– Qu'est-ce qui te prend ? Je fais travailler Chloé. Ici, on joue quand je le dis. Autrement, on écoute. Rassieds-toi.

Neville, revenu à lui, lança un mauvais regard à Jeanson. Puis il baissa la tête et n'intervint plus de toute la séance.

À la fin du cours, comme nous avions l'habitude de nous attendre, nous étions le plus souvent les derniers à quitter la salle. Ce fut encore le cas cette fois-ci.

– Neville ! l'appela Jeanson d'une voix de stentor.

Neville finit de se rechausser avant de se rendre à l'appel du professeur. Un mouvement d'inconsciente solidarité mit aussi en marche Bastien et Chloé, qui se tinrent toutefois un peu en retrait.

– Qu'est-ce qui t'est arrivé ? demanda Jeanson, la voix bienveillante.

– Je ne sais pas… C'est quand vous avez dit quelque chose… Sur les mots qui viennent du cœur. J'ai eu l'impression… C'était comme si on me faisait lever en me tirant par les bras.

Jeanson scrutait le visage de son élève avec un intérêt où se mêlait un peu d'inquiétude.

– Neville, dit-il, tu n'es pas le prince de Hombourg.

– Je sais.

– Tu n'es pas Dom Juan. Ni Lorenzaccio.

– Je sais.

– Écoute-moi au lieu de me dire que tu sais. Parce qu'en fait tu ne sais rien. Tu te laisses envahir. Tu te laisses déborder. Un comédien n'est pas un schizophrène. C'est le porte-parole d'un autre. Tu ne dois plus t'exalter tout seul à dire des mots qui ne sont pas les tiens. D'ailleurs, tu ne dois pas répéter tout seul. C'est dangereux. Regarde. Tu as deux amis.

Il désigna Bastien et Chloé qui écoutaient, bouche bée.

– Vous allez travailler ensemble. Vous serez à tour de rôle le personnage principal, la réplique, le spectateur.

Il posa un instant son regard sur Chloé, qui se mit à rougir.

– Nora, lui dit-il.

– Nora ?

– Dans *Une maison de poupée* d'Ibsen.

– Vous pensez que je ne vais pas m'en sortir avec Natalia ? fit Chloé d'une voix pincée.
– Mais je suis comme toi, je cherche la clé. Essayons Nora.
– *Une maison de poupée,* marmonna Neville comme s'il enregistrait le titre.
– Non, dit Jeanson en menaçant Neville de l'index. Pour le moment, je t'interdis d'apprendre un autre rôle. Tu retravailles Lorenzaccio, c'est compris ?
Le visage fermé, Neville acquiesça.
– Tu ne fumerais pas autre chose que du tabac ? lui demanda Jeanson, comme si l'idée venait de le traverser.
– J'ai arrêté, marmonna Neville, de plus en plus hostile.
Jeanson fit entendre un « hum » dubitatif puis d'un signe de la main nous rendit à nous-mêmes.

Dans la rue, nous avons marché en silence.
Bastien devant, rêveur. Neville traînant derrière, maussade. Chloé entre eux deux.
Puis au bout de quelques pas, nous nous sommes retrouvés sur la même ligne.
Mais de façon inhabituelle, Neville vint se placer entre Bastien et Chloé. *Regarde. Tu as deux amis.*

9
Je n'y peux rien, je ne t'aime plus.

Chloé avait parfois la sensation que les adultes voulaient entrer en elle par effraction. C'était à elle de trouver la clé dont parlait Jeanson. Ayant emprunté *Une maison de poupée* à la médiathèque, elle remit à plus tard le soin de savoir si l'homme se fait des illusions sur lui-même (à rendre pour jeudi, dernier délai) et entama la lecture de la pièce d'Ibsen. Au bout de dix pages, elle s'arrêta, excédée. Quel rapport entre elle et cette Nora ? C'était une espèce de blonde à laquelle son mari, Torvald, disait des trucs du genre : *Voilà qu'il boude, mon petit écureuil,* ou bien : *Ma petite gourmande n'a-t-elle pas fait un détour par la pâtisserie ?* Il faut croire qu'en 1879 les femmes devaient sautiller en battant des mains pour soutirer trois sous à leur mari...

TORVALD : **Mon petit étourneau est gentil. Mais il lui faut beaucoup d'argent. C'est incroyable ce que cela coûte à un homme d'avoir un étourneau chez soi.**

— Gna, gna, gna, fit Chloé, dépitée, en rejetant *Une maison de poupée.*

Pendant le dîner, il fut beaucoup question chez les Lacouture de notes, de leçons, de profs, de travail, de contrôle, la petite Clélia étant soumise à la même pression que sa grande sœur.

— Tu t'y es mise, à ton devoir de philo? demanda monsieur Lacouture à Chloé.

— C'est pour jeudi.

— Mais on est mardi! Tu avais tout le week-end pour t'avancer, la sermonna son père. À quoi est-ce que tu passes ton temps? À te faire les ongles des doigts de pied?

— Gna, gna, gna, lui répondit Chloé.

Sitôt le repas expédié, elle s'enferma dans sa chambre en tête à tête avec Nora, dont la situation se compliquait. Pour permettre à son mari, tombé très malade, de se soigner, Nora avait emprunté de l'argent en lui faisant croire qu'il s'agissait d'un don paternel. Mais les femmes n'ayant pas le droit à l'époque d'emprunter en leur propre nom, Nora avait fait un faux en imitant la signature de son père. De quoi finir en prison. Or le prêteur se transformait en maître chanteur, menaçant de tout révéler au mari. Plus Chloé lisait, plus elle pensait à madame Plantié. Cette histoire allait mal se terminer. Nora se jetterait dans l'eau de la rivière toute proche. Torvald ouvrirait la lettre accusatrice à l'acte III.

TORVALD : Malheureuse! Qu'as-tu donc fait?

Chloé sursauta en entendant cogner à sa porte. Non, ce n'étaient pas les gendarmes. Seulement madame Lacouture.

– Chloé, éteins donc. Tu as cours à huit heures demain.

Il ne restait que vingt pages à lire. Et ce crétin de mari qui déblatérait. *Tu as ruiné tout mon bonheur, je t'interdis de t'occuper de tes enfants...*

– Mais des claques, fit Chloé entre ses dents serrées.

Elle préféra fermer le livre et la lampe avant le suicide de Nora.

Le lendemain, dès la première heure de cours, Chloé eut une petite satisfaction d'amour-propre, un 10 à son concours blanc de géographie, la troisième meilleure note de la classe. Pendant le corrigé du devoir, Chloé hésita entre faire un pendu avec Clémentine, finir sa nuit ou finir son livre. Un reste de curiosité lui fit rouvrir *Une maison de poupée*. Le maître chanteur renonçait in extremis à sa dénonciation publique et Torvald accablait sa jeune femme de son généreux pardon. C'était là qu'Ibsen réservait une petite surprise aux spectatrices et plus encore aux spectateurs des années 1880. Nora ne voulait pas être pardonnée.

NORA : Lorsque j'habitais à la maison avec papa, il m'exposait ses idées et j'avais les mêmes idées que lui, ou je faisais semblant. Il m'appelait sa petite poupée et il jouait avec moi comme je jouais avec mes poupées...

Sans s'en rendre compte, Chloé articulait silencieusement chaque phrase de la tirade comme si elle « essayait Nora ».

NORA : Puis j'ai quitté les mains de papa pour passer dans les tiennes, Torvald. Tu as tout arrangé selon ton goût, et j'ai eu le même goût que toi, ou j'ai fait semblant. Quand je réfléchis à tout cela maintenant, je trouve que j'ai vécu chez toi comme une pauvresse.

Chloé fit une corne au livre à cet endroit-là. Nora ne se jetait pas dans l'eau de la rivière. Nora prenait son envol toute seule dans la nuit, laissant derrière elle son alliance et ses clés.

NORA : Je n'y peux rien, je ne t'aime plus.

— J'ai eu 10 en géographie, annonça Chloé au dîner, très certaine d'être complimentée.

— C'est déjà mieux que 6, dit sa mère.

— Mais ne te fais pas d'illusion, ajouta son père. Un 10 dans une prépa de province, ça vaut un 2 dans une prépa de Paris. Ce n'est pas avec des 10 que tu auras le concours.

— Et alors, qu'est-ce que tu me conseilles ? fit Chloé, la voix sourde. D'aller me jeter dans…

— Je te conseille de viser 15 ou 16 et, pour ça, de travailler. Et d'arrêter le conservatoire qui te fait perdre ton temps.

— Mais moi, ce n'est pas la géographie qui m'intéresse dans la vie, fit Chloé, prise d'un tremblement intérieur, c'est le théâtre.

— Mais tu imagines quoi ? lui rétorqua monsieur Lacouture. Que tu vas devenir actrice ? Hein ? Passer à la télé ? Gagner aux Oscars ?

Chloé aurait aimé lui jeter ses clés à la tête. Elle se contenta de sa serviette.

— Tu ne comprends rien à ce que je suis ! s'écria-t-elle en quittant la table d'une façon toute théâtrale.

Chloé répéta pendant les vacances de la Toussaint. Comme elle ne pouvait pas utiliser sa petite sœur dans le rôle trop complexe de Torvald, elle se passa le DVD d'*Une maison de poupée* emprunté à la médiathèque. Elle répondait en même temps que Nora à l'acteur qui jouait Torvald. Cette curieuse façon de procéder eut un premier effet bénéfique. Chloé perdit la petite musique, tatata tatata, qu'elle avait dans la tête depuis le temps des récitations à l'école primaire.

Lorsqu'au retour des vacances monsieur Jeanson lança sa phrase rituelle : « Qu'avons-nous au programme aujourd'hui ? », personne ne broncha. Le courage de s'exposer manquait même aux cœurs les plus braves, Bastien ou Ronan.

— As-tu essayé Nora ? demanda Jeanson à Chloé.

— Un peu.

— Quelle scène ?

Chloé ne put faire autrement que de quitter son banc pour aller tendre son livre corné au professeur.

— Ah oui, la fin... Tu préfères toujours le drame, alors ?

Chloé faillit se vexer.

— Avec qui as-tu répété ?

Tandis que Chloé expliquait sa méthode avec le DVD, Jeanson leva les yeux au ciel comme un héros de tragédie implorant une intervention divine.

— Mais nom de Dieu ! Est-ce que je ne vous ai pas dit de travailler ensemble ? Le jeu perso, au théâtre, ça n'existe pas. Le théâtre, c'est : je te parle, tu me réponds. Ronan, viens donner la réplique !

Horreur ! L'homme aux doigts de pied ! Jeanson lui tendit son propre exemplaire d'*Une maison de poupée*.

— Là. Tu fais le mari. On commence à *Tu ne m'as jamais comprise*. Tu es assise dans un rocking-chair, Chloé. Pense à te balancer de temps en temps.

Dès que Ronan, endossant le personnage de Torvald, prétendit l'avoir aimée plus que quiconque, Chloé se replia dans son supposé rocking-chair, les talons presque sous les fesses.

— Bon, bon, bon, les interrompit Jeanson au bout de quelques répliques. Chloé, ce n'est pas mal. Mais pourquoi joues-tu aussi… aussi rétractée ?

Rétractée ? Encore ! Elle ne s'en sortirait jamais. Était-ce sa faute à elle si certaines personnes lui répugnaient ? Jeanson la relâcha au bout de vingt minutes en lui recommandant de travailler la séquence avec Ronan pour la prochaine fois.

— Diane, dit-il ensuite, *L'École des femmes*, c'est ça ? *Le petit chat est mort…* Avec qui as-tu répété ?

— Heu… toute seule.

— Mais vous voulez me rendre fou ! Alors, c'est quoi

pour vous, le théâtre ? Une juxtaposition de monologues ? Et la vie ? Une juxtaposition de solitudes ? Bastien, tu me fais Arnolphe... Ne me regarde pas comme ça. Je te demande juste de travailler la scène avec Diane pour la semaine prochaine.

Chloé se sentit persécutée par Jeanson. Non seulement il lui imposait Ronan, mais il lui enlevait Bastien ! À la pause cigarette, Ronan vint lui demander son numéro de portable pour pouvoir la contacter dans la semaine tandis que Diane prenait rendez-vous avec Bastien.

À la fin du cours, Chloé attendit le départ de Ronan pour parler au professeur.

– Excusez-moi... Je voulais vous dire... J'aimerais essayer un rôle où il y aurait moins de drame.

Chloé pensait avoir trouvé le bon prétexte.

– Et moins de Ronan ? répliqua Jeanson sans la regarder.

Il laissa s'écouler quelques secondes bien embarrassantes avant d'ajouter :

– Chérubin. Acte I, scène 7.

Chloé, qui avait lu *Le Mariage de Figaro* deux ans plus tôt, se souvenait d'une chose.

– Chérubin ? C'est un rôle masculin !

– Oui, mais souvent joué par une femme. Si tu ne veux ni d'un mari ni d'un amoureux, la seule solution, c'est que tu sois un garçon.

Neville et Bastien attendaient Chloé dehors en échangeant des blagues et des coups de pied.

– Qu'est-ce qu'il te voulait ? questionna Neville, qui avait besoin de savoir tout ce que disait, faisait ou pensait monsieur Jeanson.
– C'est moi qui lui ai demandé un autre rôle que celui de Nora.

Nous étions repartis tous les trois du même pas, nous serrant l'un contre l'autre pour tenir sur la largeur du trottoir.

– Et alors ? relança Bastien, étonné par le silence de sa camarade.
– Il m'a refilé le rôle de Chérubin ! répondit Chloé, presque indignée.

Les deux garçons, dont la culture théâtrale était limitée, n'eurent d'abord aucune réaction.

– Ce n'est pas un rôle intéressant ? s'informa Neville.
– Mais c'est un garçon !
– Ah bon ? firent en même temps Neville et Bastien, l'un rêveur et l'autre amusé.

Le mécontentement de Chloé s'accrut lorsqu'elle constata à la lecture de la scène 7 qu'elle devrait se trouver une partenaire pour interpréter Suzanne. La seule qui jouât à peu près convenablement était Diane, mais elle lui était antipathique. D'ailleurs, toutes les filles du cours lui étaient antipathiques. Chloé se fit alors cette remarque un peu glaçante : j'ai du mal à aimer les gens.

Le mercredi matin, Chloé avait parfois des devoirs sur table. En sortant du bahut à midi et quart, l'estomac dans les talons, elle eut la surprise de voir ses deux camarades du conservatoire qui l'attendaient sur le trottoir.

– On passait, mentit Bastien, qui avait traîné Neville jusque-là.

– J'ai lu ta scène, elle est bien, dit Neville, qui avait volé *Le Mariage de Figaro* le matin même, à la librairie.

– Et je peux te donner la réplique, proposa Bastien.

– Tu veux faire Suzanne ? s'étonna Chloé. Mais qu'est-ce que va dire Jeanson ?

– Il n'avait pas à donner un rôle masculin à la plus jolie fille de la Terre ! intervint Neville avec emphase.

Il se tourna avec vivacité vers Bastien.

– Tu vois comment il faut s'y prendre ?

Puis, se tournant vers Chloé :

– Il n'ose pas te dire qu'il t'aime.

– Enfoiré, protesta Bastien en faisant descendre Neville du trottoir d'une bourrade dans l'épaule.

L'aveu avait été si soudain et la complicité entre les deux garçons si troublante que Chloé se contenta d'en rire. Elle apprit en faisant route avec eux qu'ils se voyaient désormais tous les jours pour répéter leurs scènes comme l'avait demandé Jeanson. Ils projetaient de faire du jogging le long de la Loire « pour avoir plus de souffle sur scène », précisa Neville, le ton professionnel. Tandis qu'ils parlaient, Bastien, d'un geste discret, avait débarrassé Chloé du gros sac à dos qui contenait son dictionnaire d'anglais. Un petit rayon de soleil s'était mis de la partie et Chloé, n'était sa faim, aurait bien prolongé la promenade. Au bas de son immeuble, Neville, qui était le plus dragueur des deux, l'embrassa sur les joues, tout de suite imité par Bastien, qui rendit son sac à la jeune fille avec une plaisanterie du style : « Tu ne te sépares jamais de tes haltères ? » Chloé, pour se donner une raison objective d'avoir des battements de cœur, prit l'escalier au lieu de l'ascenseur.

— C'est archicuit, l'accueillit sa mère. Tu as traîné...

Madame Lacouture n'avait pas cours le mercredi après-midi et profitait généralement de sa liberté pour corriger des copies et surveiller les devoirs de sa cadette. Tout en mangeant le poulet et tandis que Clélia babillait, Chloé cherchait le moment opportun pour annoncer à sa mère que Neville et Bastien viendraient la faire répéter de 14 heures à 16 heures.

— Au fait, cet après-midi, dit madame Lacouture, j'accompagne mamie chez le cardiologue.

Chloé eut un tressaillement d'espoir.

— À quelle heure ?

— On doit y être à 14 heures et c'est au diable. Tu seras gentille de faire faire ses devoirs à Clélia. Je ne serai pas là avant 17 heures.

Chloé adressa un sourire sournois à son assiette. Elle ne dirait rien. Dès que madame Lacouture eut claqué la porte d'entrée, Chloé alla dans la chambre de sa petite sœur.

— J'ai mes copains du conservatoire qui vont venir faire du théâtre tout à l'heure.

— Chouette ! s'écria Clélia de son ton de bébé enthousiaste.

— Mais il ne faut pas que tu en parles aux parents ce soir.

Clélia se troubla.

— Ah bon ? Pourquoi ?

— Parce qu'ils ne veulent pas que je fasse du théâtre. Alors, d'accord, tu ne dis rien ?

— Rien ! Je te donne ma parole d'honneur.

Chloé eut un rire attendri. Sa petite sœur devenait amusante en grandissant.

— Tu seras encore Natalia ? voulut savoir Clélia.

— Non. Je suis Chérubin. C'est un garçon.

Chloé, qui s'examinait dans la glace en pied de l'armoire, prit une décision soudaine.

— Passe-moi un de tes chouchous. Je vais me faire une queue-de-cheval.

— Et une moustache avec du bouchon brûlé ? lui suggéra Clélia.

— Non. Il a 15 ans.

Pour patienter en attendant la venue de ses camarades, Chloé relut son rôle :

CHÉRUBIN, *exalté* : Depuis quelque temps je sens ma poitrine agitée ; mon cœur palpite au seul aspect d'une femme ; les mots amour et volupté le font tressaillir et le troublent.

La sonnerie de l'interphone la fit tressaillir à son tour. Il était 14 heures.

10
Le besoin de dire à quelqu'un je vous aime est devenu pour moi si pressant que je le dis tout seul.

À 14 h 01, et selon un rituel déjà établi, Neville l'embrassa en premier et Bastien en second. Tous deux étaient très excités.

— On va te montrer nos scènes ! lui dirent-ils.

Bastien avait travaillé le monologue de *L'Avare* sous la direction de Neville en s'inspirant de la vieille dame paranoïaque qui volait des boîtes de maquereaux dans l'épicerie de ses parents.

— Là, c'est vraiment quelque chose d'original, le complimenta Chloé après l'avoir écouté.

— Oui, d'ailleurs, Molière ne reconnaîtrait pas ce qu'il a écrit, remarqua Neville.

Car Bastien n'avait toujours pas appris son texte. De son côté, Neville avait mémorisé toute la scène de *Lorenzaccio*, et pas seulement la fameuse tirade *mais j'aime le vin, le jeu et les filles*. Bastien lisait les répliques de Philippe, le nez baissé sur son livre, ce qui bloquait le jeu physique de son partenaire. Neville jouait son rôle en restant sur place, semblable aux acteurs d'autrefois qui faisaient le sémaphore face au public, la main au front pour exprimer le désespoir, au cœur pour dire je t'aime et au loin pour dire adieu.

– La voix, c'est bien, mais il faut bouger plus le corps, décréta Clélia.

Nous la regardâmes. Elle s'était assise en spectatrice dans le canapé du salon.

– Mais c'est lui ! protesta Neville. Il ne veut pas apprendre son texte. Jeanson le dit, le théâtre, c'est : je te parle et tu me réponds. Et moi, je parle à un livre !

– De toute façon, je ne ressemble pas à Philippe, répliqua Bastien avec mauvaise foi. Il a *soixante ans de vertu sur sa tête grise*, c'est toi qui le dis !

– Mais l'Avare a le même âge ! se récria Neville. Tu ne lui ressembles pas non plus.

– Et moi, vous croyez que je ressemble à Chérubin ? s'enflamma à son tour Chloé.

Ce fut Clélia qui nous rappela le fondement du théâtre.

– Mais c'est pour de faux !

– OK, fit Neville de sa voix brève. On travaille *Le Mariage de Figaro*.

Il alla s'asseoir à côté de Clélia, le livre ouvert sur les genoux.

– C'est quoi comme histoire ? lui demanda sa jeune voisine à mi-voix.

– Eh bien, c'est Chérubin, le page du comte Almaviva…

– C'est ma sœur, Chérubin ?
– Oui. Elle… enfin, il a été renvoyé par le comte Almaviva parce qu'il…

Neville n'avait pas la moindre idée de ce qu'on disait ou ne disait pas à une petite fille.

– Il a fait une bêtise avec une fille, Fanchette, abrégea-t-il. Et il vient voir Suzanne, la femme de chambre de la comtesse Almaviva, pour qu'elle obtienne son pardon du comte.

– Oooh, c'est intéressant, fit Clélia, le ton pénétré. Suzanne, c'est Bastien ?

Neville acquiesça.

– Pourquoi il n'est pas déguisé en fille ?

– C'est une question, admit Neville en regardant Bastien et Chloé qui échangeaient leurs premières répliques.

CHÉRUBIN : Ah, Suzon ! Depuis deux heures, j'épie le moment de te trouver seule. Hélas, tu te maries, et moi je vais partir.

SUZANNE : Comment mon mariage éloigne-t-il…

NEVILLE, *l'interrompant* : Oh, Bastien ! Le public a une réclamation à faire. Il veut que tu te déguises en femme de chambre.

BASTIEN : Sérieux ?

Clélia trouva un tablier de cuisine et un chapeau de paille. Bastien aurait aimé un peu de maquillage, mais Chloé s'impatientait, l'œil sur le cadran de sa montre.

CHÉRUBIN, *piteusement* : Suzanne, il me renvoie.

SUZANNE : Chérubin, quelque sottise ?

CHÉRUBIN : Il m'a trouvé hier au soir chez ta cousine Fanchette…

C'était une curieuse expérience pour Chloé que d'endosser un rôle de garçon. Elle avait glissé la main gauche dans sa poche de jean et, le livre dans l'autre, tout en sautillant sur ses baskets, elle cherchait à donner un son plus mâle à sa voix.

– Il est amoureux de qui, Chérubin ? voulut savoir Clélia. De Suzanne ou de Fanchette ?

– Des deux, répondit Neville. Et de sa marraine, la belle comtesse.

– Mais on ne peut pas être amoureux de trois personnes à la fois ?

– Si. C'est la puberté.

– Ah ? fit Clélia, décidément intéressée.

Pendant ce temps-là, Chérubin s'échauffait tout seul en s'imaginant à la place de Suzanne au service de la comtesse Almaviva.

CHÉRUBIN : À tous moments, la voir, lui parler, l'habiller le matin et la déshabiller le soir, épingle à épingle...

Chloé avait sorti la main de sa poche et dessinait dans l'air les contours d'une femme. Comme les gestes lui venaient facilement ! Et avoir un public ne la gênait pas, au contraire ! Quand Chérubin se mit à lutter avec Suzanne pour lui arracher le ruban du bonnet de nuit de la comtesse, Chloé en vint aux mains avec Bastien et ils tombèrent tous deux sur le divan, écrasant Neville et Clélia sous leur poids au milieu des éclats de rire.

– Je l'ai, je l'ai ! triompha Chloé en brandissant un bout de tissu.

Monsieur Jeanson avait raison. Se comporter en garçon, quelle libération !

CHÉRUBIN : Elle est femme, elle est fille ! Une fille ! Une femme ! Ah, que ces mots sont doux, qu'ils sont intéressants !
SUZANNE : Il devient fou !

À 16 heures, Chloé, qui savait son texte par cœur, se sentit devenir nerveuse. Elle ne voulait pas que sa mère croise ses partenaires. Elle prétexta un devoir de philo pour les mettre à la porte.

Sur le palier, Neville l'embrassa sur la bouche, vite fait, comme le voleur qu'il était. Bastien, l'ayant vu, en fit autant mais, troublé, se cogna la tête dans le chambranle en disant au revoir.

Chloé éprouva toute la soirée une allégresse digne de Beaumarchais. Si Bastien avait été le seul à se déclarer, elle aurait été embarrassée. Mais puisque Neville en avait presque fait autant, la situation devenait légère. Aimer deux garçons à la fois étant impossible, elle n'en aimait donc aucun.

De son côté Bastien s'était un peu étonné du comportement de son camarade.

– Tu es amoureux de Chloé ?
– Non.
– Pourquoi tu l'as embrassée ?
– Parce que j'en avais envie.
– Ça se défend, reconnut Bastien.

Il se sentait tout de même un peu inquiet.

– Tu ne vas pas me la souffler ?

— Le premier qui couche partage avec l'autre, lui proposa Neville.

Bastien haussa une épaule. En quelques jours, son amitié pour Neville avait pris une si grande place dans sa vie qu'il ne lui venait pas à l'idée de se fâcher.

— À part ça, reprit Neville, la gamine a raison.

— Quelle gamine ?

— Clélia. Je ne bouge pas assez quand je joue. Mais c'est ta faute. Il faut que tu apprennes ton rôle.

— Je commence à le savoir, éluda Bastien.

Personne, pas plus Neville que Jeanson, ne le contraindrait à travailler. Ou ce serait l'effondrement de sa personnalité.

Chloé sécha ses cours le vendredi après-midi pour répéter avec ses partenaires, cette fois dans l'appartement de Bastien, situé au-dessus d'une boutique de téléphonie. Ce fut ce jour-là que Bastien leur raconta en gros et en détail son enfance dans la grisaille, ses parents en bas à l'épicerie et lui seul dans sa chambre ou réfugié chez la voisine quand il avait peur du noir.

— OK, c'est triste, résuma Neville. On regarde *Lorenzaccio* ?

Il avait volé le DVD d'une retransmission théâtrale avec Francis Huster dans le rôle-titre. Le jeu ondulant du comédien, son pas glissant sur la scène, son noir vêtement, son insolence, sa fièvre, son désespoir, sa façon de s'enrouler autour de ses victimes, d'embrasser la bouche des hommes qu'il trahit nous laissèrent tous trois rêveurs et alanguis. Nous avions peu à peu glissé du canapé sur la moquette.

Neville sortit le premier de la torpeur et se mit à déclamer.

LORENZO : Philippe, j'ai été honnête. Mais je me suis fait à mon métier. Le vice a été pour moi un vêtement, maintenant il est collé à ma peau. Je suis vraiment un ruffian…

Sur un tout autre ton, Neville ajouta :

– Ça me fait penser que je me suis remis à fumer de l'herbe. Pourtant je m'étais calmé.

Chloé se demanda s'il continuait de jouer un personnage. Neville apostropha son partenaire :

– Si tu savais ton rôle, Bastien, tu me répondrais : *Toutes les maladies se guérissent ; et le vice est une maladie aussi.*

Il se renversa sur son camarade, posant la tête au creux de son épaule.

– C'est chiant, la vie. Je voudrais vivre sur une scène de théâtre.

LORENZO : J'ai des envies de danser qui sont incroyables. Faites-vous beau, la mariée est belle. Mais, je vous le dis à l'oreille, prenez garde à son petit couteau.

Là-dessus, Neville enfonça le poing dans le ventre de Bastien comme si c'était une dague florentine. L'instant d'après, les deux garçons roulaient l'un sur l'autre, cherchant à se terrasser tout en se chatouillant. Puis, par la faute de Neville ou bien celle de Bastien, Chloé fut prise dans la mêlée. Un moment, Bastien se retrouva, étouffant de rire, mais étouffant tout de même, sous le poids des deux autres.

— Arrêtez ! Mais arrêtez ! supplia-t-il.

— Qu'est-ce que tu as ? Tu bandes encore ? lui jeta Neville au visage avant de se redresser.

Chloé se releva à son tour et rattacha ses cheveux avec le chouchou de sa petite sœur. Elle aperçut dans le miroir ses joues rouges et ses yeux luisants.

— Je vous rappelle qu'on devait répéter, fit-elle, le ton un peu contrarié. Moi, j'ai séché mon après-midi de cours pour ça.

— OK, on reprend Arlequin et Lisette, décréta Neville.

— Marivaux ? Mais je ne l'ai pas apporté ! protesta Chloé.

— Here it is, fit Neville en extirpant *Le Jeu de l'amour et du hasard* d'une des poches de son manteau noir, transformé depuis peu en bibliothèque ambulante.

Chloé n'eut besoin que d'une lecture pour se remettre le texte en tête, elle était entraînée à ingurgiter quotidiennement des masses de données.

LISETTE : Votre amour ne saurait être bien fort ; ce n'est tout au plus qu'un amour naissant.

ARLEQUIN : Vous vous trompez, prodige de nos jours...

NEVILLE : Tu ne peux pas lâcher ton bouquin ?

BASTIEN : Non, je ne sais pas bien le texte.

NEVILLE ET CHLOÉ, *excédés* : Mais apprends-le !

Bastien leur jeta un regard de reproche.

– Je vous l'ai déjà dit. Je n'aime pas apprendre. Toi, ajouta-t-il en s'adressant à Neville, tu n'aimes pas travailler. Moi, c'est pareil.

– Ça n'a rien à voir. Je ne veux pas d'un job de merde, c'est pour ça que j'apprends mes rôles, c'est pour ça que je travaille. Mais toi, si tu ne te remues pas un peu, tu auras un job de merde.

– C'est pas croyable, ça ! s'énerva Bastien en désignant Neville à Chloé. C'est LUI qui me fait la morale !

Elle lui répondit par un éclat de rire. Elle les adorait surtout quand ils faisaient semblant de se quereller.

– Un portable qui sonne, fit remarquer Neville.

Chloé fouilla en hâte dans son sac.

– Oui, maman ? Hein ? Non, non, je ne traîne pas… J'arrive… Je suis en route… À tout' !

Elle attrapa son blouson, son écharpe, marmonna un « faut que je file » et fit un petit au revoir de la main. Les garçons comprirent qu'elle préférait les tenir à distance et lui répondirent, l'un par un bref signe de tête, l'autre par un tendre sourire.

Elle arriva chez elle avec une demi-heure de retard sur l'horaire habituel. En arpentant le couloir à pas de loup, elle entendit sa petite sœur qui répondait à l'interrogatoire de fin de journée.

– Ça allait, l'école aujourd'hui ?
– Oui.
– Et ta dictée-questions, tu as su ?

– Oui.
– Qu'est-ce que tu as mangé à la cantine ?
– Oui.
– Comment ça, oui ? s'étonna madame Lacouture.

Depuis quelque temps, Clélia passait sur pilotage automatique pour répondre à sa maman. Chloé réprima un petit rire, lança un «Je suis là!» puis se faufila dans sa chambre pour vérifier dans son miroir quelle tête elle avait. Elle eut à peine le temps de se recoiffer avant que sa mère frappe à sa porte.

– Eh bien, où tu étais ?

Le ton était nerveux comme si madame Lacouture flairait quelque chose. Chloé improvisa (merci, madame Bramenton!) :

– Oh, c'est Clem ! Elle m'a tenu la jambe pendant une demi-heure. Elle a des problèmes avec son petit copain. Et en plus, elle a eu une sale note à sa colle de français.

– Et toi, tu as eu combien ? questionna avidement madame Lacouture.

– J'ai eu 12.

Ça, au moins, c'était vrai.

– C'était la meilleure note, ajouta-t-elle pour rasséréner tout à fait sa mère.

Ça, c'était faux.

– Tu vois que le travail, ça paie, fit madame Lacouture avec satisfaction.

– Oui, si on ne veut pas avoir un job de merde plus

tard, répliqua Chloé tout en manipulant son portable, qui venait de lui signaler l'arrivée d'un message de Bastien.
« On t'aime ! » afficha l'écran. Elle éclata de rire.
– Qu'est-ce qui t'arrive ? s'inquiéta de nouveau sa mère.
– Rien, c'est Clem qui m'annonce qu'elle s'est réconciliée avec son petit copain.
– Toutes ces histoires, soupira madame Lacouture. Tu ne crois pas que c'est pour ça qu'elle décroche dans ses études ?
– Oh, sûrement, approuva Chloé en prenant un air pincé.

Non, elle ne jouait pas la comédie. Elle était seulement en train de se dédoubler. Il y avait la Chloé de la famille Lacouture, gentille et rétractée, et la Chloé de Neville et Bastien, dont on ne pouvait encore savoir qui elle était.

11
Nous aurons des lits pleins d'odeurs légères,
Des divans profonds comme des tombeaux.

Nous nous sommes retrouvés le lundi suivant salle Sarah-Bernhardt comme s'il ne s'était rien passé. Bonjour, bonjour, et deux bises sur les joues. Ronan s'approcha de nous.

– Dis donc, Chloé, j'ai essayé de t'appeler pour qu'on répète *Une maison de poupée*. Mais j'avais un faux numéro.

– Ah bon ? s'étonna Chloé, qui s'était sciemment trompée d'un chiffre. De toute façon, ce n'est pas important. Je ne vais pas jouer Nora. Je me cherche… Je ne sais pas si je suis faite pour la comédie ou pour la tragédie.

Ronan regarda alternativement Bastien (la comédie) et Neville (la tragédie), puis il alla s'asseoir sur son banc.

– Alors, quel est notre programme aujourd'hui ? demanda Jeanson en posant sur la chaise sa sacoche de cuir fatigué.

Un garçon se proposa pour les stances du Cid.

RODRIGUE : **Percé jusques au fond du cœur**
D'une atteinte imprévue aussi bien que mortelle…

— C'est merveilleux, mon cher ami, le complimenta Jeanson, vous combinez les défauts de Neville et de Chloé. Vous êtes inaudible et inodore. Mais comme ces deux jeunes gens ont fait des progrès, vous pouvez en espérer autant... Bastien, au lieu de t'esclaffer, si tu venais nous donner *L'Avare* ?

— Heu... non... on... on a... bafouilla-t-il, Chloé et moi, on a retravaillé Arlequin et Lisette.

— Ah tiens ? fit Jeanson, intrigué. Eh bien, en piste, les enfants ! Tu as encore besoin de ton texte, Bastien ?

Bastien tendit son livre à Jeanson comme s'il remettait son arme à la police.

LISETTE : Votre amour ne saurait être bien fort ; ce n'est tout au plus qu'un amour naissant.

L'art du comédien est l'art du recommencement, disait Jeanson. Cette phrase de Lisette, Chloé l'avait passée cent fois dans sa bouche. Mais à cet instant, elle l'entendit enfin. Un amour naissant.

ARLEQUIN : Vous vous trompez, prodige de nos jours...

Bastien n'eut pas à prendre de force la main de Chloé, elle la lui tendit. Jeanson n'eut pas à pousser Arlequin contre Lisette. Bastien la serra de près, ponctuant ses phrases de baisers qui remontèrent du poignet jusqu'au coude.

LISETTE : Mais est-il possible que vous m'aimiez tant ? Je ne saurais me le persuader.

ARLEQUIN : Mais je vous aime comme un fou...

JEANSON : Bastien, tu n'aimes pas Lisette comme un fou.

Bastien se frappa le front du plat de la main pour se punir.

— Non, c'est *comme un perdu !* Je le sais... mais ça ne rentre pas. Je n'ai jamais rien appris de ma vie. Même pas 9 fois 3.

— C'est tout de même beaucoup mieux, le consola Jeanson. Il y a quelque chose de lâché dans votre jeu à tous deux.

Chloé sentit que Jeanson avait compris. Compris quoi d'ailleurs, puisque elle-même ne savait pas ce qui lui arrivait.

— Allez, on reprend du début, dit Jeanson. *Votre amour ne saurait être bien fort...*

Le vieux professeur prit plaisir à manipuler ses deux jeunes élèves, les attrapant par le bras pour les placer l'un par rapport à l'autre ou bien face au public, leur serrant l'épaule plus ou moins fort selon qu'ils devaient ralentir ou accélérer le débit de leurs paroles, et tapant sur la tête de Bastien chaque fois qu'il se trompait. Quand à la fin de la scène Arlequin se jeta aux genoux de Lisette, Bastien voulut faire le pitre mais, glissant en chaussettes sur le linoléum, il faillit s'étaler et se rattrapa à Chloé.

— Bon, on fait une pause, décida Jeanson au milieu des rires.

Tandis que tout le monde se rechaussait pour sortir dans la cour, Chloé entendit Neville qui reprochait à Bastien d'en « faire des tonnes ».

— Et puis ?

– Les autres se foutent de toi.
– Et puis ?

Le seul résultat pour Bastien fut un gain considérable de popularité. Diane lui demanda s'il voulait passer *L'École des femmes* avec elle après la pause cigarette.

– Non, j'ai ma dose, déclina-t-il après avoir jeté un coup d'œil vers Chloé, qui découvrit à ce moment-là que Diane avait déjà répété seule à seul avec Bastien.

Pendant toute la durée de la pause, Neville resta enfoncé dans un silence morose, prélevant des cigarettes dans les paquets des fumeurs. Avant de remonter en cours, Chloé retint Bastien par le bras et lui chuchota :

– Il fait la gueule, Neville ?
– Tu as vu ça ?… Il voulait qu'on passe *Lorenzaccio* aujourd'hui. Mais on ne peut pas monopoliser l'attention du prof à nous trois.

De fait, Jeanson fit travailler d'autres étudiants pendant la dernière heure tandis que Neville affectait de somnoler sur son banc.

– Monsieur Fersen, c'est la nuit qu'il faut dormir, lui fit remarquer Jeanson.

À la sortie du conservatoire, Bastien proposa d'aller prendre un verre au Barillet. Il était 21 h 35 et madame Lacouture devait attendre impatiemment le retour de sa fille aînée. Plutôt que de demander une autorisation en téléphonant à la maison, Chloé envoya un SMS vers le portable de sa mère. « Suis au café. Rentre dans une heure. Biz. »

— D'accord, mais pas longtemps, dit-elle en enfouissant le portable au fond de son sac pour ne pas l'entendre sonner.

Au Barillet, Neville fit un détour par le comptoir pour s'acheter le paquet de tabac nécessaire à ses petits mélanges tandis que les deux autres s'asseyaient à une table ronde près de la vitre. Le regard fatigué que Chloé laissait errer sur les tablées voisines acquit une soudaine fixité. Elle se pencha vers Bastien.

— Il vient de mettre un paquet de chewing-gums dans sa poche.

— Oh, ça ? C'est tout le temps, répondit Bastien sans montrer d'émotion. Il est klepto. Je ne te dis pas la vie avec lui, c'est un thriller permanent.

Neville s'assit et déballa tranquillement le paquet de chewing-gums qu'il venait de voler.

— Vous avez commandé ? fit-il en tendant les plaquettes à Chloé, qui refusa d'un signe de tête.

Ils burent, lui son demi, eux leur Coca.

— On paie ou on part en courant ? demanda Neville.

Bastien posa un billet de dix euros que Chloé compléta. Mais en se levant, Neville attrapa le billet comme s'il allait l'empocher. Bastien, qui semblait aux aguets, intercepta son geste en lui saisissant le poignet. Les deux garçons se regardèrent tandis que Bastien imprimait une torsion au fin poignet de Neville, qui affichait son demi-sourire en dépit de la douleur. Il finit par lâcher le billet, et Bastien le poignet. Était-ce une taquinerie ou sa façon

de transformer la vie en thriller permanent ? Madame Lacouture, qui bondit dans l'entrée au retour de Chloé, paraissait sortir d'un thriller, elle aussi.
— Mais où tu étais ?
— Je t'ai envoyé un SMS. Tu ne l'as pas reçu ?
— Un SMS ? Mais pour dire quoi ?
— Que je prenais un verre avec des copains.
— À cette heure-ci ?
— Mais quoi, « à cette heure-ci » ? Il est dix… hum… onze heures. Je vais avoir dix-huit ans, maman ! Tu ne te rends pas compte ? Toutes mes copines vont en boîte, elles sortent le soir !

Madame Lacouture avait sincèrement eu peur et elle était blessée par la réaction de Chloé. Mais elle ne répondit rien, ce qui fut plus efficace que si elle s'était fâchée. Chloé se sentit vaguement triste une fois dans sa chambre à coucher. Non, elle n'était plus la petite fille de sa maman, elle tirait sur sa corde, elle voulait s'échapper comme la chèvre de monsieur Seguin, dont son père lui racontait l'histoire quand elle avait neuf ou dix ans. Elle chercha le vieil album cartonné et le retrouva sur ses étagères à côté de ses chers *J'aime lire*, recouverts par maman d'un plastique transparent. Avant de s'endormir, Chloé relut le conte de Daudet jusqu'aux derniers mots en langue provençale, qui lui tirèrent les larmes des yeux : « *E piei lou matin lou loup la mangé.* »

Elle s'endormit avec l'album glissé sous l'oreiller.

Avant de nous quitter le lundi soir au Barillet, nous

nous étions donné rendez-vous pour le mercredi suivant. La répétition devait avoir lieu chez Neville. Chloé fut soulagée de trouver Bastien à la descente du tramway. Non seulement elle n'était jamais allée chez madame Fersen, mais elle n'avait jamais mis les pieds dans ce quartier de mauvaise réputation.

– Tu vas voir, c'est la dèche, la prévint Bastien. Dans le frigo, il y a trois radis et une bouteille de lait. Dans la chambre, un matelas par terre et des haltères.

Bastien exagérait puisque il y avait aussi, comme le nota Chloé, un ordinateur portable et des quantités de livres volés. Mais en réalité la première chose que Chloé remarqua en entrant, ce furent les pieds nus de Neville, qu'elle s'efforça ensuite de ne plus regarder. Quand il était chez lui, le jeune homme était toujours peu vêtu, un jean et un tee-shirt lui suffisaient en toute saison.

– Voilà, fit-il en laissant Chloé entrer dans sa chambre, ce n'est pas le charme bourgeois de la maison Lacouture... Je ne sais pas si je te l'ai dit? Je n'ai pas connu mon père et ma mère est femme de ménage.

– C'est triste, dit Bastien, qui se souvenait du commentaire que Neville s'était permis au récit de sa propre enfance.

– Ne me cherche pas, lui répliqua son camarade, je suis en manque.

– On est ici pour répéter? s'informa Chloé. Sinon, je préfère rentrer chez moi.

D'ailleurs, que faisait-elle dans cette chambre à coucher, avec deux garçons, dont l'un au moins était assez imprévisible ? *E piei lou matin lou loup la mangé...* Son malaise ne dura pas longtemps. Neville avait vraiment l'intention de travailler sa scène pour le lundi suivant. Il voulait donner *Lorenzaccio* à son maître. Oui, « son maître », car pour Neville c'était ce que représentait monsieur Jeanson, qui n'était que « le prof du cons' » pour les deux autres.

– On commence à *Philippe, Philippe, j'ai été honnête*, dit-il à Chloé en lui tendant le livre. Tu souffles à Bastien quand il est planté ?

Il se tourna vers son partenaire.

– Ta première réplique, c'est quoi ?

– Heu, c'est le truc sur le vice, la maladie...

Neville s'empara d'un stylo à terre et s'avança, menaçant, vers Bastien.

– Je te crève le ventre si tu ne me dis pas ta première réplique.

– Non, non, attends, je la sais, je la sais ! piailla Bastien en faisant semblant d'être terrorisé. Le vice, ça se soigne. Un truc dans ce jus.

Il reculait en sautillant tandis que Neville cherchait où le frapper avec son stylo.

– Mais c'est dégueulasse d'attaquer un homme désarmé, fit remarquer Chloé.

Neville lança à Bastien un crayon de couleur rouge.

– Prends, dit-il, la voix sinistre. Il est déjà teinté du sang des innocents.

Ils se jetèrent l'un sur l'autre. Neville parvint à enfoncer son stylo dans le côté de Bastien, qui s'effondra avec un râle.

BASTIEN : C'est toi, Renzo ?
NEVILLE : Seigneur, n'en doutez pas.

Ce qui étaient les répliques de l'acte IV lorsque Lorenzaccio poignarde le duc de Florence. S'étant ainsi mis en train, les deux garçons purent répéter assez convenablement. Puis ce fut le tour de Chloé, tantôt Chérubin, tantôt Lisette.

À 16 h 30, étant tous trois affamés, nous avons pris un goûter, assis sur le matelas.

Neville n'avait rien d'autre à proposer qu'une boîte de Petits LU entamée et une bouteille de lait.

— C'est super bon en fait, remarqua Bastien avec un soupir de contentement.

Neville s'allongea en murmurant qu'il était crevé. Puis, les yeux fermés, il se mit à réciter d'une voix plus mâle que ses dix-huit ans :

— *Nous aurons des lits pleins d'odeurs légères,*
Des divans profonds comme des tombeaux,
Et d'étranges fleurs sur des étagères,
Écloses pour nous sous des cieux plus beaux…

Bastien, repu, s'allongea à son tour, Chloé ensuite, ou l'inverse, peu importe.

Nous étions pris de la même fatigue, nous nous sentions bien, la tête toute sonore de ces phrases que nous venions de dire et qui ne nous appartenaient pas.

Bastien aurait peut-être tenté quelque chose s'il avait été seul avec Chloé, mais Neville était étendu entre eux comme l'épée du roi Marc séparant les corps d'Yseult et de Tristan.

— Qu'est-ce qu'on fait ? demanda Chloé, encore persuadée que chaque minute d'une journée devait être utilisée.

— Rien, répondirent les garçons dans un bel unisson.

Ce fut Neville qui employa ce temps mort pour raconter son enfance, ce père gangster qu'il s'était inventé et la prison où il devrait un jour le retrouver. Tout en l'écoutant, Bastien et Chloé posèrent une main sur sa poitrine. La main de Chloé recouvrant celle de Bastien, ou l'inverse, peu importe. Le cœur de Neville battait dessous.

Ce que nous ressentions, seul un poète pouvait le dire.

— *Un soir fait de rose et de bleu mystique,*
Nous échangerons un éclair unique,
Comme un long sanglot, tout chargé d'adieux ;
Et plus tard un Ange, entr'ouvrant les portes…

Mais ce fut le bruit de la porte d'entrée qui interrompit Neville.

— Ta mère ? fit Bastien en se redressant sur le coude.

— Non, protesta Neville contre toute évidence.

Il s'assit sur le matelas, subitement inquiet. À cette heure-là, Magali devait faire le ménage chez de vieilles personnes. Sans plus se soucier de ses amis, Neville bondit de sa chambre.

— Maman, c'est toi ?

Bastien et Chloé, qui suivirent leur camarade dans le salon, furent assez surpris à la vue d'une petite femme maigre, presque chancelante, le tour des yeux bleui, et qui portait la main à son cou comme quelqu'un qui s'étouffe.

— Maman, où as-tu posé ton sac ? dit Neville. Tu as ta carte Vitale ?

— Ce sont tes amis du conservatoire ? fit-elle. Je suis contente de faire votre connaissance mais je ne suis pas trop en forme à cause de mon asthme c'est la faute de ce temps et puis des produits d'entretien…

Les mots sortaient de sa bouche dans une espèce de sifflement continu, comme un ballon de baudruche qui se dégonfle.

— C'est bon, maman, c'est bon, la bouscula Neville. On va aux urgences. Ta carte Vitale, elle est dans ton sac ?

Chloé et Bastien comprirent qu'ils étaient de trop. Ils quittèrent Neville en lui glissant « bon courage » et aussi « à demain ».

— Putain, cette vie qu'il a ! commenta Bastien, une fois dans la rue. Mais moi, en comparaison, je vis à Disneyland.

Le lundi suivant, lorsque Jeanson posa sa question habituelle :

— Qu'est-ce que nous avons au programme aujourd'hui ?

Neville leva la main.

— Tu veux passer la tirade de Lorenzaccio ?

– Mmm… un peu plus haut dans la scène, marmonna Neville.

Par manque de confiance en Bastien, il ne remonta que de quelques répliques.

PHILIPPE : Tu me fais horreur. Comme le cœur peut-il rester grand avec des mains comme les tiennes ?

Bastien ayant enfin lâché son livre, Neville pouvait l'agripper, le repousser, le prendre à témoin de sa propre déchéance.

– Attends, attends, l'interrompit Jeanson. Tu discutes le coup avec Philippe, c'est sympathique. Mais tu nous oublies. *Il faut que le monde sache un peu qui je suis et qui il est.* Tu nous défies quand tu dis cela, tu dois te tourner face au public.

Neville avait mis tant d'ardeur dans sa tirade qu'il en était encore tremblant.

– C'est un flot de paroles que tu déverses. Tu n'as pas l'air de connaître la ponctuation.

Neville écarquilla les yeux, frappé par cette pensée que sa mère parlait ainsi. Et Jeanson reprit :

– Chaque phrase que dit Lorenzo est animée d'un sentiment différent. Il est tour à tour provocateur, désespéré, narquois, orgueilleux, méprisant, effondré, mégalo. Et toi, tu nous sers tout sur le même ton tragique. Non ! À certains moments, Lorenzo est presque allègre. *Dieu merci ! C'est peut-être demain que je tue Alexandre.* Au fond, tu sais trop bien ton texte, on voit qu'il est écrit quelque part et que tu le récites. Il ne jaillit pas de toi.

– Mais c'est vous, vous m'avez dit de ne pas me prendre pour Lorenzaccio ! s'emballa Neville. Et vous m'avez dit de ne pas mettre d'émotion !
– Mais bien sûr, je n'en ai rien à faire de TES émotions ! riposta Jeanson sur un ton d'égale violence. Ce sont les émotions de Lorenzaccio qui m'intéressent. Ne rabaisse pas le personnage jusqu'à toi ! Tes chagrins, ta petite vie, mais tout le monde s'en fout ici !

Bastien, qui était retourné s'asseoir sur son banc, souffla piteusement à Chloé :

– Il se fait défoncer.

Il souffrait pour Neville, qui avait tant travaillé, et que Jeanson acheva froidement.

– Tu t'en étais mieux sorti la dernière fois. Tu me déçois.

À cet instant-là, tout pouvait arriver. Neville était capable de s'effondrer en larmes, de partir en courant et en chaussettes, de frapper Jeanson, de se frapper lui-même.

– Je peux recommencer ?

Un bref sourire traversa le visage de Jeanson.

– Lentement. En cherchant à faire bouger le sentiment à chaque phrase. Va.

Dix fois, vingt fois, Jeanson lui fit reprendre les quatre premières phrases. Tout le monde était dans le même état d'épuisement que Neville et chacun souhaitait demander grâce. Puis il y eut un moment miraculeux où Jeanson lâcha la bride à son élève et où celui-ci, ne sachant plus ce qu'il disait, où il était, ni même qui il était, se fraya sa route douloureusement jusqu'à l'exclamation :

— *Mais j'aime le vin, le jeu et les filles !*

Il s'était tourné vers le public, ouvert, offert, la tête un peu rejetée en arrière, les bras s'écartant du corps. Trouble, troublé, troublant.

— Il oublie de dire qu'il aime aussi les garçons, chuchota Bastien à l'oreille de Chloé.

La voix de Jeanson s'éleva.

— C'est bien, arrête là ! On fait une pause.

D'autres élèves passèrent à l'heure suivante et Neville put reprendre ses esprits. À la fin du cours, tandis qu'il se rhabillait, il s'entendit appeler.

— Monsieur Neville Fersen !

D'un simple froncement de sourcils, il fit signe à Bastien et Chloé de rester près de lui, puis il s'avança vers son maître.

— C'est la période des inscriptions pour le concours d'entrée au Conservatoire de Paris, lui dit Jeanson. Je voudrais que tu remplisses un dossier.

— Moi ? Mais j'ai à peine commencé d'apprendre…

— C'est bien que tu en sois conscient. C'est vrai qu'en principe on ne présente au Conservatoire que les élèves de troisième cycle. Mais j'aimerais que tu tentes ta chance… Et vous deux aussi.

Nous avions fait bloc en face de lui. Il nous enrôlait donc tous les trois.

– Je suis jeune, protesta encore Neville.

– Oui, mais tu sais ce que dit ce brave Corneille ? *Je suis jeune, il est vrai, mais aux âmes bien nées...*

– *La valeur n'attend pas le nombre des années*, compléta Neville.

– C'est pas vrai, se lamenta Bastien en faisant semblant de s'arracher les cheveux, il apprend même quand c'est pas obligé !

12
Lorsque vous êtes sur la scène,
soyez toujours en action.

Bastien nageait dans l'euphorie. Pour la première fois de son existence, il avait des projets. Il allait passer le concours du Conservatoire de Paris, le réussir, s'installer en colocation à Paris avec Neville et Chloé, et la grande vie commencerait ! Seule ombre au tableau : son financement. Mais Bastien se rassurait en songeant que les parents de Chloé étaient riches.

En surfant sur Internet, il avait glané quelques informations sur le concours, qu'il s'empressa de transmettre à ses camarades :

– Ça se passe en trois tours, mars, avril, mai. À chaque fois, ils éliminent des candidats. Il y en a à peu près 1 200 au début et 30 à la fin.

– C'est une tuerie, commenta Neville.

– On s'en tirera ! s'écria Bastien, débordant d'optimisme. Jeanson a placé trois élèves l'an dernier. Trois sur trente, c'est énorme ! S'il nous a repérés, c'est qu'il croit en nos chances, non ?

— En quoi consistent les épreuves ? demanda Chloé, qui sortait d'une semaine de concours blanc.

— Très simple, répondit Bastien. On prépare quatre scènes de quatre pièces différentes, ce qu'on veut, seul ou avec une réplique. Et le jury en choisit deux. Ça dure, allez… quinze minutes à tout casser. Et j'ai regardé le prix des loyers dans les arrondissements les moins chers. Pour un trois-pièces…

— Avant de regarder les trois-pièces à louer, trouves-en déjà quatre à jouer, lui fit remarquer Chloé.

— Bonne réplique, approuva Bastien. Moi, j'ai presque mon compte. Harpagon, Arlequin, Philippe, ça fait trois.

Chloé avait déjà essayé Juliette, Charlotte, Lisette, Natalia, Nora et Chérubin. Mais si chaque rôle lui avait apporté quelque chose, elle n'était pas certaine d'avoir apporté quelque chose à chacun de ces rôles. Quant à Neville, sorti de Lorenzaccio, il n'avait rien à proposer.

— Mais il ne faut pas vous décourager, fit Bastien. Jeanson va vous trouver des trucs !

— Des trucs ? releva Neville.

— Des rôles, des scènes, quoi. Il a l'habitude.

Toute la semaine, Bastien marcha sur les nuages. Il fit même part de ses ambitions nouvelles à ses parents. Il serait le grand acteur comique de sa génération, à quoi madame Vion répondit :

— Commence par ranger ta chambre.

Monsieur Jeanson nous avait priés de venir un peu en avance le lundi suivant. Il nous attendait salle Sarah-Bernhardt, farfouillant dans sa sacoche.

— Ah, très bien, asseyez-vous. Voilà déjà les dossiers d'inscription... Je ne vous ai pas dit en quoi consistaient les épreuves. C'est un concours très sélectif. 1 230 candidats l'an dernier.

— Mais vous avez placé trois de vos élèves, souligna Bastien, qui trépignait sur son banc.

L'étonnement le plus complet se lut sur le visage de Jeanson.

— Qui t'a raconté ça ?

— Une cliente de mes parents. C'est sa petite-fille Isaline qui...

— Elle s'est étalée au troisième tour, l'interrompit Jeanson, et je n'ai pas eu d'autre réussite que celle-là depuis bien longtemps.

Nous restâmes tous trois interloqués.

— Mais qu'est-ce que vous croyez ? reprit Jeanson, un peu agacé. Qu'il suffit de claquer des doigts, comme ça, pour entrer au Conservatoire de Paris ? On accepte trente candidats par promotion, quinze garçons, quinze filles, et tous sont excellents. Les plus grands comédiens sont sortis de ses rangs, à commencer par Sarah Bernhardt, et puis Gérard Philipe, Serge Reggiani, Jean Piat, Belmondo, Nathalie Baye, Isabelle Huppert, Denis Podalydès...

Plus Jeanson s'échauffait, plus nous nous rapetissions sur notre banc.

— Ce n'est pas la peine, alors, bredouilla Bastien.

— Mais si, c'est la peine ! C'est une chance unique dans la vie d'un jeune comédien de province, reprit Jeanson plus calmement.

— On ferait mieux d'attendre deux ou trois ans, suggéra Neville. On a le temps...

— Non !

La réponse de Jeanson était partie comme un coup de fusil ou comme un cri.

— Vous... vous avez le temps... bien sûr, se reprit-il, cherchant ses mots. Mais c'est moi... c'est moi qui ne l'ai pas... Vous êtes... ma dernière chance de...

— Oh ! Vous partez à la retraite cette année ? crut deviner Bastien.

— Oui... c'est ça. Je prends ma retraite et... j'aurais bien voulu... Cela m'aurait fait plaisir... Mais vous êtes libres de refuser.

— Je vais essayer, dit Neville.

Bastien et Chloé échangèrent un regard.

— On va essayer tous les trois, renchérit Bastien. On se soutiendra.

L'optimisme lui revint dans la foulée.

— En plus, moi, j'ai juste une scène à trouver. J'en ai déjà trois.

— Comment cela ? le questionna Jeanson, qui n'était pas au bout de ses étonnements avec Bastien.

— Eh bien, premièrement, j'ai le monologue dans *L'Avare*.

Jeanson secoua la tête.

— C'est rebattu ! Molière, Harpagon ! Ça traîne partout.

— Ah ? Et mon duo avec Lisette ?

— C'est surtout valable pour Chloé.

— Et *Lorenzaccio* ?

— Mais tu n'es que la réplique de Neville.

Bastien se tut, dépité.

— Par ailleurs, vous devez présenter obligatoirement une scène en alexandrins, nous apprit Jeanson.

Les alexandrins ! La terreur du comédien !

— C'est mort, dit Neville.

Jeanson parut amusé par notre réaction.

— Mais vous l'avez dit : il faut essayer. L'un de vous est peut-être le dieu ou la reine de l'alexandrin.

— C'est un truc à apprendre par cœur, soupira Bastien.

— Eh oui, lui répliqua sèchement Jeanson, on ne peut pas tricher avec l'alexandrin. Mais d'une manière générale, on ne peut pas tricher quand on est comédien… Alors ?

Une rumeur dans l'escalier nous avertit que nos camarades de cours étaient en train d'arriver.

— Je propose les dossiers d'inscription à Ronan, Diane et Samuel ? nous nargua Jeanson.

Nous tendîmes la main vers lui d'un même geste. Il nous distribua les dossiers en ajoutant à voix basse :

— N'en parlez à personne ici. Je ne suis pas dans les clous en faisant ce que je fais.

Pendant toute la durée du cours, Jeanson nous ignora, sauf à la pause où il nous fit signe de le rejoindre dans son petit bureau.

— Quelles sont vos disponibilités dans la semaine ? nous questionna-t-il, son agenda à la main.

— Tous les jours, toutes les heures du jour, répondit Neville.

— Pareil, ajouta Bastien. Mais Chloé a un emploi du temps très chargé, elle est en prépa...

Jeanson éleva la main pour le faire taire.

— Je ne vous demande pas de me raconter vos vies.

Il nous fixa deux créneaux horaires en plus du lundi. Le premier tour du concours étant dans quatre mois, le compte à rebours était lancé.

— Je vous donnerai du travail d'une fois sur l'autre, nous dit-il. Attention, je ne suis pas là pour vous faire réciter vos textes.

Il regarda Bastien pour qu'il imprime bien la phrase suivante dans son cerveau.

— Je fais travailler les textes qui ont été appris.

Puis il nous attribua notre premier rôle sans nous préciser quelle scène nous aurions à jouer.

— Neville, dans *Phèdre* de Racine, tu es Hippolyte. Bastien, dans *Cyrano de Bergerac*, tu as le rôle-titre. Chloé, dans *L'Apollon de Bellac* de Giraudoux, tu es Agnès.

Il nous donna rendez-vous pour le mercredi à 15 heures dans la salle Talma, celle qui avait une vraie scène.

Le lendemain, Neville apporta chez les Lacouture les trois pièces à lire en vingt-quatre heures. La plus grosse catastrophe tomba sur la tête de Bastien.
– Putain, la taille du bouquin !
– Tais-toi et lis, lui répondit Chloé.
– Bastien, il ne veut jamais travailler, remarqua la petite Clélia sur un ton moralisateur.
– Oui, eh bien, toi, fais tes multiplications, lui répliqua sa sœur.

Le silence s'établit dans le salon, Clélia faisant ses devoirs, nous trois lisant. Soudain, Bastien se mit à rire.
– Chut, firent les autres.
– Mais c'est pas ma faute. C'est lui... le mec... comment il s'appelle ?

Bastien regarda le nom de l'auteur sur la couverture et le dénonça :
– Edmond Rostand.

Bientôt, le fou rire le reprit. La tirade où Cyrano se moque de son grand nez enthousiasma Bastien à tel point qu'il lui fallut partager.
– Écoutez, écoutez ça ! Il parle de son nez.

CYRANO : ... Aimez-vous à ce point les oiseaux
Que paternellement vous vous préoccupâtes
De tendre ce perchoir à leurs petites pattes ?

– Tu ne crois pas que tu déranges ? lui suggéra Neville, plongé dans les tourments d'Hippolyte.

Le silence revint. Par moments, Bastien se roulait sur la moquette tout en riant. Chloé, qui gardait un œil sur la montre, voulut avertir les autres que madame Lacouture allait arriver, mais en alexandrins.

— Six heures ont sonné à la cloche voisine.
Ma mère va rentrer... Merde, une rime en ine ?
— Urine ? lui suggéra Bastien.
— Coquine, proposa Neville.
— La Chine ! s'écria la petite.
— Merci, Clélia, la félicita Chloé, qui put compléter son alexandrin : Ma mère va rentrer, à l'instant, de la Chine.
— Branle-bas de combat, marmonna Neville en ramassant ses affaires.
— Mais elle est gentille, maman, fit Clélia sur un ton presque interrogatif.
— Oui, la rassura Chloé. Mais elle n'aime pas trop les garçons.
— Ça, c'est vrai, admit la petite. Même, je lui ai pas dit que j'avais un amoureux.
— Parce que tu as un amoureux ? À ton âge ? s'écria Bastien en roulant des yeux sévères.
— Dégage, dégage, fit Chloé en le poussant vers la porte.

Quand le calme fut revenu dans la maison Lacouture, Clélia eut envie de satisfaire une petite curiosité.

— C'est lequel des deux que tu préfères ?

S'il était une question que Chloé évitait de se poser, c'était celle-là.

— Je ne sais pas.

– Tu aimes les deux ?
– Ce n'est pas possible.
– Si, c'est possible, lui certifia Clélia. C'est Neville qui le dit. Même trois amoureux, c'est possible.
– Oui, mais ça, c'est l'opinion de Neville. Neville, c'est… un genre de Chérubin.
– Il aime toutes les filles ?
– Et aussi les garçons, ajouta Chloé sans prendre garde à qui elle parlait.
– Ah bon ? fit Clélia d'un petit ton qui prouvait qu'elle était contente d'avoir eu en prime cette information.
– Et toi, voulut savoir Chloé, lequel tu préfères ?
– Moi, c'est les deux, parce que Bastien, il est rigolo, mais Neville, il est trop beau.
– Eh bien, moi, c'est comme toi, décida Chloé.
Les deux sœurs se tapèrent en silence dans les mains tandis que la voix de maman, rentrée de Chine, leur parvenait.
– Les filles, vous êtes là ?

Nous nous sommes retrouvés le lendemain à 15 heures devant la porte fermée de la salle Talma. C'était là que nous avions joué *Roméo et Juliette* quand nous étions gamins.
– Je ne t'aimais pas tellement à l'époque, s'étonna Bastien en regardant Chloé.
À 15 h 10, Neville eut l'idée de tourner la poignée de la porte.
– C'est ouvert… et c'est désert.

Nous nous sommes assis dans l'ombre, attendant Jeanson. À 15 h 30, alors que nous venions de décréter qu'il nous avait oubliés, Jeanson entra à pas lents.
— Excusez-moi, je suis en retard.
C'était un constat, pas une explication. Il s'assit un peu lourdement au premier rang.
— Chloé, veux-tu mettre une chaise au milieu de la scène et t'y asseoir ? Bastien, peux-tu allumer la rampe ?
Chloé s'assit sur la chaise et parut attendre d'autres directives. Comme rien ne venait, elle demanda ce qu'elle devait faire.
— Rien, lui répondit Jeanson. Tu expérimentes le fait d'être assise sous le feu de la rampe pendant que des gens te regardent.
Rien ne pouvait mettre plus mal à l'aise Chloé qu'un semblable propos. Elle regretta tout de suite d'avoir mis une jupe au lieu de son habituel pantalon. Elle s'imagina qu'en contrebas on pouvait voir sa petite culotte. Elle tira sur sa jupe, joignit les jambes, se tortilla sur sa chaise, se tourna de côté et entendit alors le rire de Bastien. Quel imbécile ! Elle croisa les bras sur sa poitrine, cacha à demi son visage derrière une mèche de cheveux, eut la certitude que dans quelques instants la transpiration allait faire des auréoles sous ses aisselles. À bout de ressources, elle s'écria :
— Mais je fais quoi ?
— As-tu un agenda ou quelque chose de ce genre ? lui demanda Jeanson.
— Oui, dans mon sac.

– Va le chercher et retourne t'asseoir.

Quand ce fut fait, Jeanson suggéra à Chloé de feuilleter son agenda. Chloé lui obéit et se mit à lire des phrases sans les comprendre. Soudain, elle s'aperçut qu'elle avait pour le vendredi une colle d'espagnol, qu'elle avait zappée. Elle se mit alors à vérifier si rien d'autre ne lui avait échappé et passa la main dans ses cheveux pour remonter la mèche qui la gênait dans sa lecture.

– Voyez comme elle est naturelle à présent, dit Jeanson dans la pénombre de la salle. Tout à l'heure, elle était ridicule. Que s'est-il passé ?

– Elle s'occupe, répondit Bastien.

– Voilà. *Lorsque vous êtes sur la scène, soyez toujours en action.* Cela vous évitera deux graves inconvénients : vous ridiculiser et vous déconcentrer.

Jeanson demanda ensuite à Neville et à Bastien de rejoindre Chloé sur la scène sans leur donner la moindre indication. Ils firent quelques pas maladroits sur les planches, regardèrent autour d'eux, ne virent rien à quoi s'accrocher. Neville s'assit en tailleur, sortit son paquet de tabac, son papier à cigarette et commença tout simplement à se rouler un joint. Bastien s'approcha de Chloé en entrouvrant les bras :

– Je te montre comment on danse le tango ?

Au bout de quelques secondes, tandis que Chloé marchait sur les pieds de Bastien tant qu'elle pouvait et que Neville allumait son joint, Jeanson tapa dans ses mains, plus comme un professeur que comme un spectateur.

— Comment vous sentez-vous sur scène ? nous interpella-t-il.

Nos trois réponses lui parvinrent en même temps : « Bien. Pas mal. Ça va ».

Durant cette première séance, Jeanson nous expliqua nos futurs rôles.

De temps en temps, Chloé regardait discrètement l'heure au cadran lumineux de son téléphone portable. 18 heures, 18 h 10...

Enfin, Jeanson se décida à nous dire sur quelles scènes nous allions travailler.

— Neville. Acte II, scène 2. La déclaration d'Hippolyte à Aricie.

— *Présente, je vous fuis, absente, je vous trouve*, marmonna Neville.

— C'est pas vrai ! Il l'a déjà appris, fit semblant de se désespérer Bastien.

— Toi, lui dit Jeanson, tu travailles la scène du duel entre Cyrano et le vicomte.

— Hein ? Mais j'ai jamais fait d'escrime !

— Neville non plus, j'imagine, répondit Jeanson sans s'émouvoir. Et ce sera lui ton adversaire. Chloé, tu me joueras les premières scènes de *L'Apollon de Bellac*. Tu auras besoin de deux répliques.

Elle venait de jeter un nouveau regard furtif à son portable. 18 h 30 !

— Oui, fit-elle distraitement. Deux répliques.

— Ronan et Samuel, ça t'ira ?

Elle écarquilla les yeux.

— Je plaisantais, dit Jeanson, la voix sinistre. Sois à ce que tu fais.

— Excusez-moi, mais mes parents vont…

Il éleva la main comme il l'avait déjà fait.

— Ça ne m'intéresse pas. Reste concentrée. C'est la base du métier. À présent, bonsoir.

Il resta assis tandis que nous rassemblions nos affaires pour sortir. Cela nous parut un peu étrange de le laisser seul dans le noir.

— Qu'est-ce que je vais pouvoir inventer ? se lamenta Chloé. Je devais être à la maison à 17 h 30 !

Nous avions pris le pas de charge pour traverser la place Sainte-Croix.

— Vas-y carrément, lui conseilla Bastien. Les mensonges, plus c'est gros, plus ça passe.

Pour une fois, Neville se voulut la voix de la raison.

— Tu sais, Chloé, ce soir ou demain, il va bien falloir que tu leur dises.

— Mais je leur dis quoi ?

13
Dites-leur qu'ils sont beaux.

– On était tellement passionnées par notre sujet d'exposé, Clem et moi, qu'on a oublié l'heure !
– Ah ? Et c'était sur quoi ? voulut savoir monsieur Lacouture.
– La pêche à la morue au Canada en 1730.

Bastien n'avait pas tort, plus c'est gros, plus ça passe. D'un autre côté, Neville avait raison, Chloé allait devoir dire à ses parents qu'elle s'était inscrite au concours du Conservatoire de Paris.

Le soir même, dans son lit, elle commença à mémoriser son rôle à mi-voix.

AGNÈS : J'ai peur des hommes... À les voir, je défaille...

Madame Lacouture passa la tête par la porte entrebâillée :

– Tu ne dors pas ?
– Non, non... La morue, je révise.

L'Apollon de Bellac mettait en scène une jeune fille à la recherche d'un petit emploi, mais que le simple fait de s'adresser à un huissier pour obtenir un rendez-vous terrorisait. Un monsieur, originaire de Bellac, lui donnait la recette, la seule, pour ne plus craindre les hommes.

Le monsieur de Bellac : Ignorez-la et vous aurez une vie sordide. Recourez à elle et vous serez reine du monde.

Chloé avait eu l'impression en lisant la pièce de Giraudoux que monsieur Jeanson avait voulu lui faire connaître la recette.

Le monsieur de Bellac : Dites-leur qu'ils sont beaux.

Agnès : Leur dire qu'ils sont beaux, intelligents, sensibles ?

Le monsieur de Bellac : Non ! Qu'ils sont beaux.

C'était le secret. Dire aux hommes, à tous les hommes, y compris les laids, les bancals, les pustuleux, les huissiers, qu'ils sont beaux.

Agnès : Ils ne le croiront pas.

Le monsieur de Bellac : Tous le croiront. Tous le croient d'avance.

Agnès s'entraînait d'abord à dire à un papillon et à un luminaire qu'ils étaient beaux. Puis elle passait à un cas pratique plus redoutable, l'affreux huissier. Cette nuit-là, Chloé rêva que, laissant de côté la pêche à la morue, elle déclarait à son vieux professeur d'histoire obèse : «Vous êtes beau.» Il lui mettait 19 sur 20.

Le lendemain soir, de façon très exceptionnelle, monsieur et madame Lacouture, invités chez des collègues, laissèrent Clélia à la garde de Chloé. En voyant que son père était, de façon également exceptionnelle, en costume et cravate, Chloé fut traversée par une idée.

— Tu es beau comme ça ! s'exclama-t-elle.

Monsieur Lacouture, qui commençait à perdre ses cheveux et à prendre du ventre, eut un temps d'hésitation avant de répondre à sa fille aînée.

— Oui... Le costume... ça donne de l'allure.

(*Tous le croiront, tous le croient d'avance,* souffla le monsieur de Bellac à Chloé, qui décida d'en rajouter.)

— Tu vas faire des ravages !

Monsieur Lacouture passa une excellente soirée. Le lendemain, il était encore tout guilleret.

Ce fut ce soir-là que Chloé se décida à parler du Conservatoire de Paris. Elle para tout de suite à l'objection principale.

— Ça ne me fera perdre qu'une journée de cours au mois de mars.

Il serait toujours temps, si elle franchissait le premier obstacle, d'initier ses parents au mystère des trois tours.

— Mais tu t'es inscrite à ce concours comme ça, sans nous en parler ? s'étonna madame Lacouture sur un ton pincé.

— Tu vois bien que je vous en parle, répondit Chloé avec une charmante mauvaise foi.

Monsieur Lacouture se taisant, sa femme poursuivit seule l'offensive.

— Et qu'est-ce que tu espères ?

— Rien de précis. Je veux savoir ce que je vaux. Mais je ne vais pas laisser tomber la prépa. Je suis capable de faire les deux.

Comme le silence insolite de son mari se prolongeait, madame Lacouture se tourna vers lui et l'interrogea du regard.

— Écoute, Chloé sait ce qu'elle fait, dit-il enfin. Ce n'est plus une enfant. C'est... hum... une jeune femme.

On entendit alors la voix de Clélia qui, depuis sa chambre à coucher, appelait son papa.

— Elle veut son histoire du soir, dit-il en s'éloignant, comme s'il jugeait la discussion close.

— Papa ! le rappela Chloé. Raconte-lui *La Chèvre de monsieur Seguin*.

— Tu crois ?

— C'était mon histoire préférée quand j'avais son âge.

Une nouvelle séance de travail avec Jeanson avait été fixée au samedi suivant de 14 heures à 17 heures. Entre-temps, Bastien et Neville avaient déjà pris une leçon d'escrime avec le professeur qui était venu autrefois régler les combats à l'épée (en plastique) entre les Capulet et les Montaigu. Il n'était pas question pour les deux partenaires de devenir des champions olympiques, mais de faire illusion sans se crever un œil. Chloé espérait que monsieur Jeanson allait lui faire répéter le personnage d'Agnès pour lequel elle s'était préparée. Mais Jeanson ne sembla préoccupé ce samedi-là que de Neville dans le rôle d'Hippolyte.

— Donc, tu fais Aricie, dit-il à une Chloé un peu désorientée. Je sais que tu n'as pas appris le rôle. Mais tu n'as que... quatre... cinq... sept... onze vers à dire. Je t'en ai sucré quelques-uns. L'essentiel, en fait, c'est que tu sois sur scène.

Jeanson aurait pu tout aussi bien traiter Chloé de potiche. Il se tourna vers Neville.

— Tu sais ton rôle ?

— Oui, mais je me suis chronométré. La scène dure six minutes.

— C'est un peu long, reconnut Jeanson. Le jury te laissera finir si tu es convaincant... Chloé, je te rappelle l'enjeu de la scène 2. Aricie a flashé sur Hippolyte, mais c'est une fille bien élevée, elle veut que ce garçon, qui est coincé de chez coincé, se déclare le premier. Neville, tu entres par le côté cour. Dès que tu as mis un pied sur la scène, tu embraies : *Madame, avant que de partir*, tu veux retenir Aricie, tu tends la main vers elle.

HIPPOLYTE, *entrant* : Madame, avant que de partir,

J'ai cru de votre sort vous devoir avertir,

Jeanson laissa Neville filer sa tirade sans l'interrompre.

— Très bien, dit-il. Ce n'est pas ça du tout. Tu fais sonner les rimes avec la discrétion d'un militaire faisant sonner ses éperons.

Pendant une demi-heure, Neville répéta la tirade, parfois tapant du pied d'énervement. Jeanson avait oublié la princesse Aricie, qui poireautait debout sous un éclairage cru. Chloé, quelque peu vexée, finit par demander si elle pouvait s'asseoir dans la salle à côté de Bastien. Mais Jeanson lui répondit, le ton cassant :

– Et à qui veux-tu qu'Hippolyte déclare : *Vous pouvez disposer de vous, de votre cœur* ? Au rideau ? C'est à toi qu'il parle, à toi, et tu ferais bien de l'écouter !
– Oui, mais là, je commence à fatiguer.
– Quoi ?

Jeanson marcha sur Chloé, l'air vraiment irrité. Chloé prit peur mais sentit à ses côtés la présence réconfortante du monsieur de Bellac.

– Cela vous va bien de vous mettre en colère, dit-elle précipitamment.
– Hein ?

(Allons, lui souffla le monsieur de Bellac, encore un effort, Agnès. Dis-lui…)

– Vous êtes beau, fit-elle d'une voix chancelante.

Jeanson la regarda, décontenancé, rougissant presque.

– Ce… ce n'est pas le sujet, bredouilla-t-il.

Puis son regard s'éclaira et il se mit à rire.

– Mais j'ai failli marcher ! Elle est diabolique, cette petite…

Il l'attrapa affectueusement par le bras.

– On va voir ce que tu donnes en Aricie. C'est une Sainte-Nitouche dans ton genre. *De tout ce que j'entends, étonnée et confuse…* Elle joue les idiotes, il faut qu'elle arrache une déclaration à ce prince « un peu farouche ».

Tandis que Chloé disait ses quelques répliques, Jeanson fit signe à Neville de s'approcher de la jeune Aricie.

HIPPOLYTE : … Moi, vous haïr, madame !

JEANSON : C'est bon, on arrête les frais. Chloé, tu as décidé de l'endormir, ce pauvre garçon ? Au moins, dis-lui avec tes yeux : comme vous êtes beau ! Allez, on recommence.
ARICIE : De tout ce que j'entends, étonnée et confuse...
Chloé débita ses alexandrins, aussi rétractée que du temps de madame Bramenton. Neville adressa une grimace dubitative à son maître.
— Ça ne va pas le faire, dit Jeanson, qui empruntait parfois des expressions à ses élèves. On pourrait demander à Diane de servir de réplique ?
Il voulait provoquer une réaction de fierté de la part de Chloé. Mais ce fut Neville qui réagit.
— Ah non ! s'écria-t-il en bégayant d'émotion, on... on... on a décidé que c'était nous trois... tous les trois...
Jeanson éleva une main pour lui faire signe de se calmer.
— C'est bien, j'ai compris.
Les yeux fermés, il se frotta un instant le front comme pour en faire jaillir une idée.
— Voilà, dit-il soudain. Mettez-vous pieds nus. Tous les deux.
Si Chloé ne supportait pas la vue des pieds nus des autres, elle supportait encore moins de se retrouver pieds nus en public. À la plage, à la rigueur. Mais à la piscine, cela devenait ridicule, et sur scène, cela frisait l'obscénité. Neville avait déjà ôté baskets et chaussettes sans discuter.
— Eh bien, Chloé, tu te dépêches ?... Neville, enlève ton machin, là, ton... tee-shirt.
Neville haussa les sourcils mais obéit, et se retrouva

torse nu. Jeanson les plaça tous deux face à face à un mètre de distance. Chloé paraissait fragile depuis qu'elle avait quitté ses bottines à talons.

– On va passer à l'aveu d'Hippolyte, leur expliqua Jeanson. *Je me suis engagé trop avant.* Quand tu dis cela, Neville, tu t'avances vers Chloé, elle recule un peu. *Je vois que la raison cède à la violence.* Tu avances encore. Chloé, tu regardes Hippolyte, tu penses : mon Dieu, qu'il me plaît ! Et tu étends le bras pour l'empêcher de venir au contact. Allez, on essaie comme ça.

Neville se lança dans sa longue tirade un peu maladroitement, oubliant ici une diérèse, là une liaison, tandis que Jeanson manœuvrait ses jeunes acteurs.

– Chloé, regarde-le. Oui, c'est ça, un peu en dessous. Tends le bras. Approche-toi d'elle, Neville. *Vous voyez devant vous un prince...* Chloé, oui, c'est ça, tu as peur de l'effet que tu lui fais. *Depuis près de six mois, honteux, désespéré...* Là, pose la main sur lui. C'est pour le repousser. *Peut-être le récit d'un amour si sauvage...* Caresse-le. Si, vas-y, Chloé.

Jeanson était là, entre eux, contre eux, lui seul était conscient de ce qui était en train de se passer.

– Caresse sa peau.

Chloé, honteuse, désespérée, passa le bout des doigts sur la poitrine de Neville et sentit le frisson qui le parcourait. Il s'emmêla dans ses derniers alexandrins.

HIPPOLYTE : **Quel étrange captif... d'un cœur qui s'offre à vous...**

JEANSON, *chuchotant*: Tu dis n'importe quoi, mais c'est super quand même.

Il venait de trouver ce qui allait électriser le jury, ce duo amoureux de Chloé et Neville, la candeur de l'une s'affolant devant le violent sex-appeal de l'autre. Ou l'inverse.

— On répétera cette scène pour que vous la possédiez, mais on ne la répétera pas trop souvent, leur dit-il, pour que vous ne vous possédiez pas trop. Et, ajouta-t-il d'une façon assez confuse, il vaudrait mieux que vous ne vous possédiez pas du tout.

Une fois dans la rue, nous nous demandions encore ce que Jeanson avait voulu dire.

Quand Chloé arriva chez elle, elle sentit que l'ambiance était à l'orage. Madame Lacouture avait dû faire observer à son mari que Chloé n'était jamais à la maison, qu'elle traînait Dieu sait où et Dieu sait avec qui. Chloé se faufila dans sa chambre, où Clélia ne tarda pas à la rejoindre.

— Ah, là, là, les parents, ils sont fatigants! se plaignit la petite en portant les mains à ses oreilles.

Sans répondre, Chloé se mit à réciter les vers d'Aricie, ce qui était une autre façon de se boucher les oreilles.

— C'est quoi, comme histoire? voulut savoir Clélia.
— Oh, c'est une tragédie, ça finit mal.
— Papa m'a lu une tragédie aussi, fit la petite, le ton scandalisé. C'est l'histoire de la chèvre de monsieur...

Machin. Moi, je croyais qu'elle allait tuer le loup. Mais c'est elle qui se fait manger ! Ce n'est pas une histoire pour les enfants !

Chloé leva les yeux de son texte et sourit à sa petite sœur.

– La chèvre de monsieur Seguin a eu du bon temps dans la montagne.

– Oui, mais elle est morte, bougonna Clélia.

– Parce qu'elle est idiote. Quand on se sauve de chez soi, ce n'est pas pour aller voir le loup, c'est pour aller retrouver des copains.

– Pas bête, ça, approuva Clélia.

Comme toutes les petites filles qui ont une grande sœur, Clélia trouvait déjà qu'on l'avait attachée à une corde bien trop courte.

13
Il aurait pu y avoir plus de casse.

Jusqu'ici Bastien avait enfumé parents, professeurs et amis avec ses blagues et son air d'assurance. À présent, il ne faisait plus illusion. Plusieurs fois par semaine, il se faisait malmener par Neville et Chloé :
– Mais apprends ton rôle !
Et sermonner par Jeanson :
– Bastien, il faut que tu consentes. Que tu consentes à l'effort.
Les autres ne semblaient pas comprendre quelle douleur, une douleur physique, était la sienne quand il devait s'appliquer, se concentrer, mémoriser. Les soixante alexandrins de Cyrano, le rôle d'Arlequin, celui de Philippe… Sa tête allait exploser. Pourtant, lorsque Diane, à la recherche d'un partenaire, le relança au téléphone, il accepta. Pour deux raisons. La première, c'est que Diane n'exigeait rien d'autre que la lecture à voix haute des quelques répliques d'Arnolphe. La deuxième, c'est qu'il avait envie, terriblement envie, que quelqu'un le plaigne

ou l'admire, voire les deux. Il fit donc à Diane le numéro du garçon débordé de travail.

— Tu as des partiels en ce moment ? lui demanda-t-elle ingénument.

— Non, non, c'est le conservatoire qui me prend la tête. Je te raconterai.

Et effectivement, il lui raconta entre deux répliques de *L'École des femmes*.

ARNOLPHE : Quelle nouvelle ?
AGNÈS : Le petit chat est mort.
ARNOLPHE : C'est dommage ; mais quoi ? Nous sommes tous mortels...
DIANE : Au fait, tu devais me dire quelque chose à propos du conservatoire.
BASTIEN : Ah oui ! Je prépare, enfin, nous préparons le concours du Conservatoire de Paris, et c'est une vraie galère.

Bastien voulut se faire mousser en lui parlant de tous ses rôles et de son entraînement à l'escrime. Mais ce n'était pas ce qui intéressait Diane.

— Avec qui tu te prépares ? Avec Neville ?
— Et Chloé... et Jeanson.
— Jeanson ?

L'avertissement du professeur revint alors à la mémoire de Bastien : « N'en parlez à personne ici. Je ne suis pas dans les clous en faisant ce que je fais. » Mais il était trop tard. Diane voulait en savoir plus et elle bombarda Bastien de questions.

— C'est en dehors des cours ? Mais au conservatoire

quand même ? Il ne vous fait pas payer ? Combien d'heures par semaine ? Il vous a dit pourquoi il vous avait choisis ?

— Bon, on continue de répéter ? demanda Bastien, presque suppliant.

— Oui, ce sera une bonne scène pour le premier tour. Tu me serviras de réplique ?

La foudre s'abattit sur Bastien. Mais qu'est-ce qu'il avait fait ? Il n'en parla ni à Neville ni à Chloé, espérant qu'il ne se passerait rien le lundi suivant. Mais à la pause cigarette, il vit Diane qui s'approchait de Jeanson et il l'entendit demander :

— Excusez-moi, monsieur, est-ce vous qui remettez les dossiers d'inscription pour le concours du Conservatoire de Paris ?

— C'est l'administration, répondit Jeanson distraitement.

— Je souhaiterais m'inscrire et préparer le concours avec vous.

Neville et Chloé, qui s'apprêtaient à quitter la salle, s'entre-regardèrent tandis que Bastien, penaud, s'esquivait.

— Votre confiance m'honore, répliqua Jeanson, un peu sarcastique. Mais je ne prépare que les troisième cycle et, cette année, aucun n'a le niveau requis.

— Et Bastien, Neville et Chloé, ils ont le niveau, eux ? fit Diane d'une voix qui tremblait.

Ronan et Samuel entendirent ces mots et s'approchèrent à leur tour de Jeanson. La suite de l'échange devint très agitée. Jeanson refusa de fournir des explications, Ronan et Samuel arguèrent qu'ils avaient autant de droits que nous trois de préparer le concours cette année. Samuel surtout, qui avait déjà vingt-deux ans, était très remonté, il parla de favoritisme. Neville voulut se porter au secours de son maître et montra même les poings.

— Calme-toi, calme-toi, lui dit Chloé en le retenant par le bras.

Jeanson prit brusquement sa décision.

— C'est bien, vous avez gagné.

Ronan, Diane et Samuel crurent alors qu'il allait accepter de leur donner à eux aussi des cours particuliers gratuits.

— Je ne préparerai personne au concours cette année, ajouta Jeanson. Maintenant, foutez-moi la paix. C'est la pause, je suis fatigué.

Il s'assit sur sa chaise avec autant de ménagement que s'il jetait au sol un sac de pommes de terre. Ses élèves comprirent qu'il rompait tout dialogue et ils quittèrent la salle un à un. Neville fit semblant de les suivre puis revint sur ses pas.

— Monsieur?

— Non. Toi aussi, va-t'en. Je vous avais prévenus. Il ne fallait pas en parler aux autres.

— Mais je n'ai rien dit, monsieur.

— Il y a forcément un de vous trois qui a parlé.

— Ça, je saurai qui.

Neville fit sortir ses deux camarades sur la place Sainte-Croix et il leur répéta les paroles de Jeanson.

– C'est moi, avoua Bastien sans détour. Je discutais avec Diane et ça m'a échappé.

– Ça t'a échappé ? s'écria Neville. Tu n'as pas remarqué qu'elle nous tourne autour, cette fille, comme… comme un vautour ! Elle t'a fait parler, pauvre tare !

Tout en insultant Bastien, il lui donna une sérieuse bourrade.

– Tu vas pouvoir préparer le concours avec Diane, maintenant, poursuivit-il. Et coucher avec elle, hein ? C'est ça que tu veux, hein ?

À chaque « hein ? », il enfonça son poing dans l'épaule de Bastien.

– C'est bon, Neville, intervint Chloé. Tu ne vas pas nous faire une scène de jalousie ?

Comme c'était exactement cela, Neville s'arrêta net.

– J'irai faire mes excuses à Jeanson, promit Bastien.

– Et ça nous avancera à quoi ? riposta Neville. Il ne peut plus nous faire travailler salle Talma. Les autres vont nous fliquer. Tu comprends ça ? C'est fini, et par ta connerie.

– Arrête, Neville, intercéda encore Chloé.

Bastien haussa les épaules, résigné.

– Il a raison. Je suis con… On peut quand même continuer de répéter ensemble ?

– Avec Jeanson, nos chances étaient minimes, répliqua Neville. Sans Jeanson, elles sont nulles.

– On peut attendre d'être en troisième cycle ? lui suggéra Chloé.

– Mais Jeanson sera parti à la retraite !

Bastien et Chloé voulurent lui faire valoir que Jeanson n'était pas le seul professeur du conservatoire.

– Si, pour moi, c'est le seul, répondit Neville sur un ton de mélodrame.

– Mais tu veux quoi ? Que je me tue ? renchérit Bastien.

– Bien. Avant que nous allions tous les trois nous jeter dans la Loire en nous tenant par la main, on pourrait peut-être reparler avec Jeanson ? proposa Chloé.

Les garçons, pris en flagrant délit de ridicule, ricanèrent tous les deux.

– OK, fit Neville. Je sais qu'après le cours Jeanson prend le tram à la station République. On le suit, Bastien lui présente ses excuses et… on essaie de le faire revenir sur sa décision.

La reprise après la pause fut déplaisante. À sa façon, Jeanson boudait. Il prit un air somnolent pendant que deux de ses élèves passaient sur *Le Neveu de Rameau* de Diderot, se fit cassant avec Samuel dans sa reprise du monologue de Galilée et expédia tout le monde un quart d'heure avant la fin.

Nous l'attendîmes sous le porche de l'église Saint-Aignan comme des traîtres en embuscade. Il passa devant nous sans nous voir et s'éloigna par la rue de la République. Nous le rejoignîmes alors qu'il était assis sous l'abri à la station de tramway. Il sursauta en nous apercevant.

– Mais qu'est-ce que vous…

– Je vous fais mes excuses, bredouilla Bastien. C'est moi... Je... C'est moi.

– Je m'en doutais un peu, lui répondit Jeanson. Tant pis pour toi. Maintenant, je ne peux plus rien faire.

Chloé ouvrit la bouche, mais Jeanson ne lui laissa pas le temps d'intervenir.

– Non ! C'est inutile. De toute façon, c'était trop de travail pour moi.

Nous entendîmes au loin la petite cloche annonçant l'approche du tramway.

Gagné par une espèce d'affolement, Neville mit un genou à terre.

– Je vous en supplie, monsieur, j'ai besoin... Il faut... Sans vous...

– Mais qu'est-ce qui m'a fichu un énergumène pareil ! s'emporta Jeanson. Relève-toi ! On va te voir. Le tram arrive.

– Je vais me jeter dessous, le menaça Neville.

– Nom de Dieu de... Je suis bien tombé avec ces trois cinglés. Ça suffit, Neville. On répétera chez moi. Lève-toi, bon sang !

Neville bondit sur ses pieds tandis que le tram s'arrêtait.

– Chez vous ?

– Oui, chez moi. Mercredi. Débrouillez-vous pour trouver mon adresse puisque vous êtes si malins.

– Yes ! triompha Neville en regardant s'éloigner le tramway où monsieur Jeanson venait de monter.

Puis sans transition, il annonça :

– Je te raccompagne, Chloé. Je dois te parler.
– Et moi ? s'étonna Bastien.
– Va coucher.

Bastien se laissa congédier sans autre mouvement de révolte que de shooter dans une canette vide.

– Tu lui parles souvent comme à un chien ? questionna Chloé, qui n'avait pas apprécié.
– Il aime ça.

Ils marchèrent en silence et Chloé finit par s'étonner.
– Tu ne voulais pas me parler ?
– Si.

Chloé songea soudain à Hippolyte auquel Aricie devait arracher un aveu. Neville était-il amoureux ?
– On va bientôt arriver chez moi, lui signala-t-elle.
– Je sais.

Il ne se décida à parler que devant sa porte.
– C'est au sujet de Diane.
– Diane, répéta Chloé, plutôt surprise.
– Oui, Diane. Elle a d'abord essayé avec moi et maintenant c'est avec Bastien. Comme il est con, ça risque de marcher.

Chloé ne lui fit pas préciser ce que Diane avait essayé et dit seulement qu'elle ne voyait pas en quoi elle était concernée.

– Je n'ai pas fini, répliqua Neville. Diane se fout totalement de Bastien. Ce qu'elle veut, c'est se mettre entre nous trois. Elle n'est pas la seule que nous énervons au cours de Jeanson. Mais elle, elle est dangereuse.

– Dangereuse ? Pour Bastien ?
– Écoute ce que je te dis ! C'est nous trois qu'elle vise.
– Je connaissais le concept de nous deux, voulut plaisanter Chloé. Je t'avoue que le concept de nous trois m'échappe un peu.
– Pff, ces prépas, soupira Neville. « Le concept de nous trois » !
Il la planta sans la saluer.

Le lendemain, Bastien, qui avait à se faire pardonner, obtint l'adresse de Jeanson en usant de ses charmes auprès de la concierge du conservatoire.
– Et j'ai du mérite. J'aime pas trop la moustache chez une femme.
Le mercredi, à 15 heures, nous nous sommes retrouvés dans le quartier piétonnier devant une vieille maison à colombages, que ne défendait aucun digicode. Notre professeur habitait au second. Sur la porte palière était seulement indiqué JEANSON.
– Il n'a pas de prénom, remarqua Bastien.
– Sonne, lui ordonna Neville.
– Pourquoi moi ?
Nous étions tous trois intimidés.
– Merde, se décida Neville en appuyant sur le timbre.
Quelques secondes s'écoulèrent.
– Il n'a peut-être pas entendu ? supposa Chloé.
Mais le verrou claqua de l'autre côté et, tandis que la

porte s'entrouvrait, il nous sembla être au seuil d'un conte de fées.

— Alors, vous avez trouvé le chemin ? nous accueillit Jeanson.

Il nous fit traverser un par un le sombre vestibule, où l'horloge à balancier égrenait les heures. Dans son salon, de vieux meubles disgracieux avaient été poussés contre les murs pour dégager au centre un tapis à grosses fleurs, d'un très mauvais goût, qui allait nous servir de scène.

Neville se déchaussa, tout de suite imité par ses camarades.

— J'allais me faire du thé, dit Jeanson. Des amateurs ?

Nous refusâmes poliment.

Bastien regardait déjà autour de lui. Sur les murs, il y avait une quantité de dessins et d'aquarelles qui représentaient les bords de Loire en toutes saisons. Sur un grand tableau inachevé, la même main avait peint un pont suspendu. Sur la cheminée, on ne voyait qu'une seule photo en noir et blanc, celle de trois fillettes en rang de taille décroissante, ni belles, ni laides, l'air sage en col Claudine. Jeanson revint de la cuisine, sa tasse à la main.

— Ce sont vos filles ? demanda Bastien.

— Je vous ai fait venir ici parce que je n'avais pas d'autre endroit à proposer, répondit Jeanson.

Ceci signifiait que nous ne devions poser aucune question sur ce qui nous entourait.

— Récapitulons, nous dit-il. Pour le premier tour, Neville, tu seras Lorenzaccio, Hippolyte et le monsieur de

Bellac. Il te manque un rôle. Je te propose le prince de Hombourg.

Il fit un geste de la main comme s'il nous présentait cette altesse, tout juste entrée dans son salon.

— Bastien, reprit Jeanson, tu seras Cyrano de Bergerac, Arlequin et Harpagon.

— Mais je croyais que c'était trop connu...

— Nous n'avons pas le temps de chercher autre chose, le coupa Jeanson. Surtout à la vitesse à laquelle tu travailles. Pour ta dernière scène, je t'ai trouvé...

Il posa sa tasse en équilibre au bord d'une bibliothèque et attrapa un livre sur une étagère.

— *Le Bal des voleurs*. C'est de Jean Anouilh. Tu seras Gustave, voleur débutant et philosophe.

Il parut ouvrir au hasard, mais la reliure était sans doute cassée à cet endroit, et il lut :

— *Quand le bon Dieu a inventé les voleurs, il a bien fallu qu'il les prive de quelque chose. Il leur a retiré l'estime des honnêtes gens. Au fond, ce n'est pas terrible. Il aurait pu y avoir plus de casse.*

La remarque amusa surtout Neville. Jeanson tendit son livre à Bastien et finit sa distribution des rôles par Chloé.

— Toi, tu es Agnès, tu es Lisette, et tu seras la victime de Bastien dans *Le Bal des voleurs*.

Chloé s'étonna de ce qu'une même scène puisse servir à deux candidats.

— Oui, parce qu'il y a un jury distinct pour les filles et pour les garçons, nous apprit Jeanson.

– Et il me manque un rôle en alexandrins, revendiqua Chloé.
– C'est exact, je te le cherche. J'essaie de vous faire des programmes dans lesquels vous vous sentiez à l'aise. Je sais que la notion d'emploi est démodée de nos jours, mais on ne peut pas, à votre âge, aller contre son physique et son tempérament. Neville est un jeune premier romantique, Bastien un valet de comédie et toi, Chloé, tu es une jeune première amoureuse. N'est-ce pas, plaisanta-t-il, que tu es jeune, première et amoureuse ?

Il est des jours inoubliables. Ce mercredi chez monsieur Jeanson, il flottait dans l'air une odeur de fleurs fanées. Le tapis était épais sous nos pieds nus et un silence d'or régnait entre ces quatre murs.
À cinq heures, Jeanson nous offrit des madeleines un peu desséchées et de la limonade éventée. Tout l'après-midi, nous fûmes studieux. Et sages comme les mystérieuses petites filles de la photographie.
Sur le pas de la porte, Jeanson retint Chloé par le bras.
– Chimène.
– Chimène ?
– *Le Cid*. Acte III, scène 4.

14

— *Rodrigue, qui l'eût cru ?*
— *Chimène, qui l'eût dit ?*
— *Que notre heur fût si proche et sitôt se perdît ?*

Depuis sa dernière crise d'asthme, madame Fersen écourtait ses journées de travail. Elle était chez elle au plus tard à 17 heures, ce qui lui permettait d'entendre son fils de l'autre côté de la cloison, qui tantôt psalmodiait, tantôt vociférait, selon qu'il mémorisait ses rôles ou les interprétait.

Or, depuis quelques jours, Neville angoissait quand il se retrouvait seul dans sa chambre. Pourquoi Jeanson l'avait-il choisi ? Il ne lui semblait pas avoir le niveau requis, il allait se ridiculiser devant un jury d'acteurs, de metteurs en scène et de grands professeurs parisiens. Pour se rassurer, il récapitulait ses atouts : un physique agréable, une voix grave, une mémoire à toute épreuve. Il ne faisait plus d'erreur de débutant sur les diérèses, il estompait les rimes comme le lui avait appris Jeanson, il savait respirer au bon moment pour ne pas arriver à bout de souffle en fin de tirade, il ne restait plus planté comme un piquet à l'avant-scène. Il avait fait son profit de chaque conseil que Jeanson lui avait donné. Mais plus il avait de technique, moins il ressentait d'émotion. Il se souvenait de son exaltation quand il était encore au lycée et qu'il se disait des poèmes à haute voix, il se rappelait avoir sincèrement pleuré avec Lorenzaccio, avoir serré le livre sur sa poitrine, et là, il était sec. Il se regardait jouer dans la glace, il s'écoutait parler et, épouvanté, il se disait : je ne ressens plus rien. Je fais semblant d'être amoureux comme Hippolyte. Je fais semblant d'être désespéré comme Lorenzaccio. Mais mon cœur ne tremble plus, ma gorge ne se noue plus, je ne suis plus touché. Jeanson allait s'en apercevoir ou, pire, Neville arriverait à le tromper. Non, il devait aller lui parler, il devait lui dire la vérité. Lui dire : je ne suis pas un comédien, je suis un tricheur.

C'est un jeudi, en face de cette grande glace qui lui renvoyait son image en pied, qu'il arrêta sa décision. Quand sa mère, toujours souffrante, s'endormirait après le dîner, il la laisserait pour courir chez Jeanson.
Il ne fut devant la vieille maison à colombages qu'à 21 h 30. Toutes les lumières aux fenêtres étaient éteintes. Est-ce que monsieur Jeanson se couchait, lui aussi, avec les poules ? Tant pis, il le réveillerait. Mais il eut beau sonner, aucun bruit ne lui parvint de l'intérieur. Il se laissa glisser jusque sur le paillasson râpeux et resta ainsi prostré, le dos appuyé à la porte. Il somnolait quand il entendit un pas dans l'escalier. Il n'eut pas le temps de se relever.

– Mais... qu'est-ce que tu me fiches là ? s'étonna Jeanson.

– Vous rentrez tard, répondit Neville en se redressant.

– Voilà une remarque intéressante, dit Jeanson en donnant une poussée dans sa porte d'entrée.

Il fit signe à Neville de passer devant lui, jeta ses clés dans un vide-poche du vestibule, alluma au salon une petite lampe à l'abat-jour jauni puis s'assit en lâchant un soupir de fatigue.

– Eh bien ?

Neville regarda autour de lui. Les meubles étant revenus à leur place, la scène avait disparu. Il avait pourtant pensé très fort tout le long du chemin au grand tapis à fleurs sur lequel il se jetterait à genoux pour avouer son indignité.

– Je ne vais pas passer le concours, dit-il tout à trac.

– Ah ?... Tu ne t'assieds pas ?

– Ça ne sert à rien.

– De s'asseoir ?

– De passer le concours.

– Ça te prend souvent de venir faire un caprice chez les gens à plus de onze heures ?

– Monsieur Jeanson !

Neville trouva tout de même suffisamment de place dans ce salon encombré pour faire le mouvement passionné qu'il avait prémédité et il s'agenouilla devant son maître.

– C'est affreux. Je ne retrouve plus rien. Mes émotions !

Quand je joue mes rôles à la maison, je fais semblant... Je ne comprends même plus les mots que je dis, je n'éprouve plus rien. Ici, c'est mort.

Il se pressa le cœur, ce qui sembla avoir pour effet mécanique de lui faire jaillir les larmes des yeux.

– Il est certain que le manque d'émotivité est ton problème principal, remarqua Jeanson. Tu serais peut-être mieux assis pour pleurer ?

D'un geste rageur de l'épaule, Neville s'essuya la joue puis s'assit en tailleur sur le tapis, le visage levé vers son maître.

– Quand tu répètes chez toi, tu es seul ? le questionna Jeanson.

– Oui, je sais, vous m'avez dit de ne pas le faire, mais je me mets devant une glace pour voir.

– Voir quoi ?

– L'effet produit.

– Sur qui ? Sur toi ? Mais tu n'es pas ton spectateur ! Tu dois t'observer de l'intérieur, pas de l'extérieur. Autrement, tu vas devenir comme ces acteurs qui font les mêmes gestes au même endroit à la même heure, qui gargouillent « arg » avant de mourir et se couvrent les yeux de la main pour indiquer qu'ils sont en train de pleurer. Neville, quand tu répètes à la maison, contente-toi de mémoriser le texte. Pas de miroir, pas de singeries ! Tu as besoin de jouer avec tes partenaires devant un public. Tu vois, ce soir, tu m'as donné une belle représentation du jeune homme torturé par le doute.

— Mais... c'est vrai, monsieur Jeanson, c'est vrai !

— Naturellement, c'est vrai, et c'était aussi très bien joué. La preuve, j'ai failli pleurer.

Neville laissa échapper quelque chose qui ressemblait à un rire, encore mouillé de larmes.

— Je suis allé au théâtre ce soir, reprit Jeanson. J'ai vu une pièce jouée par des acteurs assez connus. Et en revenant, j'ai pensé à toi... Tu vas surclasser tous ces gens-là.

— Monsieur ! fit Neville comme on crierait grâce.

— Écoute-moi. Il m'est arrivé une fois dans ma vie de parier sur le talent de quelqu'un...

Il marqua un temps d'hésitation puis effaça de la main son passé.

— ... bref, quelqu'un qui ne le méritait pas. Je l'ai suffisamment payé pour ne pas être tenté de recommencer. Alors, écoute-moi bien : j'ai une confiance absolue en ton talent.

— Ça me fait peur, gémit Neville.

— Ce soir, oui. Mais demain matin, tu te réveilleras et tu penseras : j'ai du talent, Jeanson me l'a dit. Et ça va te porter pendant toute ta journée... Et les jours d'après. Qu'est-ce que c'est, ce machin qui crachote ?

— Oh, excusez-moi. C'est mon portable, bredouilla Neville en délogeant son petit téléphone de sa poche de jean. Maman ? Tu ne dors pas ?... J'ai fait un tour. Mais toi ? Tu n'es pas malade ?... Je vais rentrer, ne t'inquiète pas. J'arrive. Mais si, ça va... C'est bon.

Il coupa la communication et fit une grimace d'excuse.
- C'est ma mère… Elle fait des crises d'asthme.
- Comme d'autres des crises d'angoisse.

Neville se releva, la tête lui tournait un peu.
- Ton père… commença Jeanson.

Il laissa la phrase en suspens. Il était tout à fait inhabituel qu'il s'intéressât à la vie privée d'un de ses élèves.
- Je n'en ai pas. Enfin… je ne sais pas qui c'est.
- Des frères, des sœurs ?
- Non.
- Tant mieux ! s'exclama Jeanson avec une sorte de férocité.

Devant la mimique de surprise de Neville, Jeanson adoucit sa réaction.
- Je veux dire, c'est mieux pour ta mère. Hum… moins de soucis. Eh bien, va la retrouver. Claque la porte derrière toi. Et ne te regarde plus dans un miroir, sauf pour te raser. Promis ?

Neville répondit par un rire heureux et se sauva en bondissant dans l'escalier.

À quelques pas de là, et cette même nuit, quelqu'un d'autre se tournait et se retournait dans son lit en se posant cette seule question : est-ce que je suis au niveau ?
- Mais tout à fait. Vous avez tout à fait le niveau.

Ce n'était pas Jeanson qui avait rassuré Chloé, c'était la professeure de français.
- Je vous mets 15, lui avait-elle dit à la fin de sa colle

181

sur un extrait du *Lys dans la vallée*. Vous comprenez tout à fait ce qu'on attend de vous.

Au fil des semaines, les notes de Chloé s'étaient redressées et, dans certaines matières, notamment l'histoire et le français, elle «majorait» comme on disait dans le jargon des prépas. «Tu es jeune, première et amoureuse», lui avait dit Jeanson. N'avait-il pas raison, trois fois raison ? Alors, d'où lui venait cette inquiétude ?

Le lendemain, dès qu'elle eut une minute à elle, elle ouvrit *Le Cid*. Chaque rôle que lui avait proposé Jeanson l'avait fait progresser dans sa connaissance d'elle-même. Elle était certaine qu'il en serait de même avec Chimène. Acte III, scène 4.

– Hou, la tartine ! s'exclama-t-elle en apercevant une tirade d'une trentaine d'alexandrins.

– Ça raconte quoi ? lui demanda Clélia qui, à son habitude, s'était glissée dans la chambre de sa grande sœur.

Chloé dut d'abord lui expliquer ce qu'était un duel d'honneur au temps de Corneille. Puis elle tenta un résumé de l'intrigue.

– Le père de Chimène a flanqué une paire de claques au père de Rodrigue.

– Ça fait beaucoup de pères, plaisanta Clélia, dont l'esprit était de plus en plus délié.

– Chimène et Rodrigue sont amoureux, ils veulent se marier. Mais le père de Rodrigue, qui est trop vieux pour se battre, oblige son fils à venger son honneur et Rodrigue tue son adversaire en duel. Chimène est obligée de demander au roi la tête du meurtrier de son père.

— Et voilà, c'est encore une tragédie ! fit Clélia, que le versant dépressif de la littérature française commençait à exaspérer.

— Une tragicomédie, rectifia Chloé. Parce qu'à la fin l'amour est plus fort que tout !

— Ils se marient ?

— Et ils eurent beaucoup d'enfants, inventa Chloé pour donner complète satisfaction à sa petite sœur.

Au fond, la seule tragédie, c'était de devoir s'avaler trente alexandrins.

CHIMÈNE : Tu t'es, en m'offensant, montré digne de moi ;
Je me dois, par ta mort, montrer digne de toi.
CLÉLIA, *bâillant* : et blabla.

Était-ce Corneille qui était soporifique ou bien la façon qu'avait Chloé de se laisser bercer par la musique des vers ? Et la question la traversa de nouveau : est-ce que je suis au niveau ? Car c'était là que portait sa véritable inquiétude.

La fin de la scène 4 était plus animée et Chloé savait que, dans le duo entre Chimène et Rodrigue, Neville emporterait le morceau. Neville, oui. Mais elle ? Or c'était elle que le jury allait juger. Comme ce n'était pas l'imagination qui lui faisait défaut, elle se sentit transportée dans la salle d'examen, au 2, rue du Conservatoire, devant un jury de sommités parisiennes. Que penserait-on d'elle en la voyant s'avancer sur la scène ? Jolie fille… Puis elle dirait la tirade de Chimène. Bien gentille, penseraient les jurés en bâillant, elle a appris son texte.

CHIMÈNE : Rodrigue, qui l'eût cru ?
RODRIGUE : Chimène, qui l'eût dit ?
CHIMÈNE : Que notre heur fût si proche et sitôt se perdît ?

Une petite note en bas de page indiquait que « heur signifiait bonheur à l'époque de Corneille ». Ce bonheur à portée de main, qui s'évanouissait dans cet échange triste et doux comme une chanson d'amour, fit venir des larmes aux yeux de Chloé. On lui parlait d'elle, de ce bonheur qu'elle avait cru à sa portée et auquel elle devait renoncer.

– Monsieur Jeanson…
– Décidément.

Chloé était devant la vieille maison à colombages, où elle avait guetté le retour du professeur après sa journée de cours.

– Tu veux me parler ?
– Je n'en ai pas pour longtemps. C'est juste pour vous dire que je ne vais pas passer le concours.
– Décidément, répéta Jeanson.

Il hésita à la faire monter chez lui. Seule à seul.

– On peut savoir pourquoi, dit-il en cherchant ses clés dans sa sacoche en cuir.
– Parce que je n'ai pas le niveau. Et que vous le savez.
– Je le sais ?
– Vous nous avez poussés à nous inscrire, Bastien et moi. Mais vous savez que nous n'avons pas le niveau.

Il interrompit son geste et resta la main prise dans le sac.

— Et pourquoi j'aurais fait ça, jeune fille ?
— Pour que Neville ne se prépare pas tout seul. On lui soutient le moral.

La voix de Chloé chevrotait d'émotion, mais elle se tenait ferme en face de Jeanson.

— Il y a un café au bout de la rue, dit-il en refermant sa sacoche. On peut prendre un moment pour régler cette affaire ?
— Dix minutes. Mes parents m'attendent pour dîner.

Cette fois, Jeanson n'objecta pas que sa vie ne le concernait pas. Il acquiesça en silence et l'instant d'après ils étaient tous deux, face à face, assis à une table de café.

— Tu en as parlé à Neville ? demanda-t-il.
— Non. Ni à Bastien. Je leur expliquerai que j'arrête parce que j'ai trop de travail.

Chloé était étonnée que Jeanson ne cherchât ni à la détromper ni à se justifier. Cela ne ressemblait pas aux adultes qu'elle connaissait.

— Tu renonces aussi à leur servir de réplique ? voulut-il savoir.

Renoncer à être la réplique de Bastien et de Neville, c'était renoncer aux répétitions, c'est-à-dire aux meilleurs moments de sa vie. Ses yeux se brouillèrent de larmes.

— Je peux demander à Diane de te remplacer, reprit Jeanson. Le problème, c'est que, si elle accepte, elle voudra aussi passer le concours.

Et ainsi Diane obtiendrait ce qu'elle jalousait. La place de Chloé entre Neville et Bastien.

— Chloé, regarde-moi, dit doucement Jeanson. S'il te plaît... Regarde ce vieil homme fatigué.

Ce qu'elle fit.

— Je n'ai pas bien agi avec toi. Tu aurais des raisons de m'en vouloir. Maintenant, écoute-moi. Neville est venu me voir hier soir. Il est à deux doigts d'abandonner. Il n'a pas confiance en lui. Je ne crois pas qu'il acceptera un changement de partenaire.

Chloé, renonçant même à sa pudeur, laissa couler les larmes sur ses joues.

— Mais est-ce que je peux vraiment... ?

— Être Aricie? Oui. Être Chimène, non.

De la sacoche de cuir, Jeanson sortit un paquet de mouchoirs, qu'il tendit à Chloé.

— Je ne veux pas être un boulet pour Neville, fit-elle après s'être mouchée et retrouvant un semblant de sourire.

— Neville va réussir pour trois raisons, lui répondit Jeanson, trois raisons que je vais te donner : Bastien, toi et moi.

Au moment de quitter Jeanson, Chloé n'eut qu'une toute petite seconde d'hésitation avant de l'embrasser sur les deux joues. Ce fut sa façon de dire au vieil homme fatigué : je souffre, je souffre de mes illusions perdues, mais je ne vous en veux plus.

Le monde étant petit, surtout en province, Chloé croisa Diane deux jours plus tard devant le rayon bas et collants

des Galeries Lafayette. Après l'échange des « Ça va ? Tu fais quoi ? », Chloé eut envie de se débarrasser de sa camarade.
— Eh bien, à lundi, au cons'.
— Oh non, répliqua Diane. Je ne mets plus les pieds chez Jeanson.
— Ah ? Tu… arrêtes ?
— Je n'ai pas envie de perdre mon temps avec un minable.
— De qui tu parles ? fit Chloé, interloquée.
— Je viens de te le dire. De Jeanson. Je prends des cours à Paris avec un prof qui a des super résultats au concours.

Chloé fit un petit signe de tête et essaya de s'esquiver. Mais Diane avait une revanche à prendre.
— Jeanson ne connaît que des vieux trucs, poursuivit-elle, Molière, Marivaux… Hollywood, l'Actors Studio, James Dean, Angelina Jolie, Nicolas Cage, il ne sait même pas que ça existe ! Enfin, ça vous regarde si vous voulez continuer avec lui.
— En effet, ça nous regarde, lui répondit Chloé.

Elle quitta Diane en lui adressant le sourire des Lacouture, celui qui remplaçait le vitriol et le couteau de boucher. Mais le mal était fait. À présent, Chloé se demandait si Jeanson lui-même était au niveau.

15
Un baiser, mais à tout prendre, qu'est-ce ?
Un point rose qu'on met sur l'i du verbe aimer.

— Trop bien, se dit Bastien en refermant *Le Bal des voleurs*.

Dans la scène qu'il devait interpréter, Gustave, le jeune voleur, non seulement cambriolait la maison de Juliette, mais il la ligotait, la bâillonnait puis, la prenant en pitié, la déligotait et la débâillonnait. Et là, retournement de situation, Juliette, jeune fille de bonne famille, suppliait le voleur de l'emmener en même temps que son butin.

GUSTAVE : Mais vous savez à quelle vie vous vous exposez ?
JULIETTE : Oui. Embrassez-moi.

Le passage préféré de Bastien — et qu'il relut trois fois à mi-voix — était en fait cette didascalie : *Ils s'embrassent longtemps*. Il avait un jour embrassé Chloé sur les lèvres pour imiter Neville, mais à la sauvette. *Ils s'embrassent longtemps*. L'adverbe lui donnait chaud. Il aimait Chloé, il savait qu'elle admirait Neville, que Neville était troublé par Aricie, mais qu'il avait aussi des vues sur la personne de Bastien. Rien de tout cela ne le dérangeait, Arlequin a les idées larges et le cœur léger.

À la première occasion, Bastien prêta *Le Bal des voleurs* à Neville puis lui demanda ce qu'il pensait de sa scène.

— Jeanson te choisit des rôles très physiques, répondit Neville en lui rendant son livre.

— Oui mais, tu as vu ? Je vais embrasser Juliette. C'est marqué. « *Ils s'embrassent longtemps.* »

— Dans tes rêves. Chloé ne voudra pas.

— Mais c'est obligé ! C'est dans son rôle. Comment elle fera ?

— Je lui servirai de doublure.

Bastien eut un rire bon enfant.

— On répète notre duel ? demanda-t-il, plein d'entrain.

— As you want.

Pour s'entraîner en dehors des cours d'escrime, ils n'utilisaient que des bâtons de la taille d'une épée.

LE VICOMTE : Qu'avez-vous ?

CYRANO : J'ai des fourmis dans mon épée.

Neville dégaina son bâton en s'écriant « Soit ! ». La suite de la scène était une passe d'armes sur fond d'alexandrins, qui se concluait par la défaite de Neville et le cri de triomphe de Cyrano.

— *À la fin de l'envoi, je touche !* Tadam ! J'ai encore gagné, dit Bastien en rejetant son épée.

— Ouais, sauf que tu as bouffé la moitié de tes alexandrins. Et si tu dis : « Je jette avec grâce mon chapeau » à la place de « mon feutre », ça ne rime plus avec « ce grand manteau qui me calfeutre ».

— Eh bien, la prochaine fois, je dirai : « ce grand manteau qui me calchapeau », répliqua Bastien avec une bonne humeur insubmersible.

Quand Chloé les rejoignit un peu plus tard au Barillet, Bastien leur fit cette déclaration fracassante :

— Au fait, ça y est ! Je me suis mis à travailler.

— Hein ?

— Quoi ?

— J'ai appris le monologue d'Harpagon. Par cœur.

— Et alors, quel effet ça fait ? lui demanda Chloé.

— On se sent bien. Après. Je crois que je vais travailler plus souvent.

— Attention à l'overdose, le modéra Neville.

Comme d'habitude, Chloé et Bastien avaient commandé un Coca, Neville son demi.

— Je peux dire un truc con ? s'informa Bastien.

— Tu nous ferais de la peine autrement, l'encouragea Chloé.

— D'accord. Eh bien, voilà... Je vous aime plus que tout au monde.

Il y eut un blanc de quelques secondes.

— Normal, dit enfin Neville. C'est quand même nous qui t'avons sorti de la poubelle.

Chloé devait annoncer aux deux autres sa décision de renoncer au concours ce mercredi même, chez Jeanson.

Elle espérait que Neville n'en ferait pas tout un drame. Elle fut surprise de constater que Bastien réagissait davantage.

— Mais pourquoi tu arrêtes ? C'est à cause de tes parents, non ? Tu es sûre que tu ne vas pas regretter ? Parce qu'en fait tu as fait vachement de progrès. C'est vrai qu'au début tu étais pas mal coincée…

— Bastien, tu es lourd, l'interrompit Neville, qu'une seule chose intéressait. Tu ne vas plus jouer Aricie ?

— Ça dépend. On en a parlé avec monsieur Jeanson, dit Chloé en cherchant une aide de ce côté.

Mais Jeanson resta muet, le visage inexpressif, laissant ses élèves s'expliquer entre eux.

— Si vous trouvez que je ne suis pas capable de vous servir de réplique, reprit Chloé, peinant à s'arracher les mots, on peut demander à… à quelqu'un d'autre.

Bastien poussa un cri d'effroi.

— Ah non ! *Le Bal des voleurs*, c'est avec toi !

Neville, qui voyait trop bien à quoi pensait Bastien, lui donna un coup de pied dans la cheville pour le faire taire.

— Je sais qu'un comédien doit pouvoir changer de partenaire, dit-il à son tour. Mais je ne suis pas un comédien. Pas encore. Alors, si tu ne veux plus du tout jouer, Chloé, j'arrête aussi.

Jeanson eut un tressaillement d'inquiétude et ne voulut pas laisser les choses aller plus loin.

— Bon, résumons. Chloé veut bien être votre partenaire si elle n'a pas grand-chose à dire. Aricie et Lisette, c'est jouable. Je couperai dans le texte si nécessaire.

— Et dans *Le Bal des voleurs*, demanda Chloé, qui n'avait pas encore lu la pièce, le rôle n'est pas trop prenant ?

— Ça dépend du sens de «prenant», rigola Neville.

L'échange de coups de pied s'intensifia entre les garçons et Jeanson dut siffler la fin de la partie.

— Bon, qui veut passer ?

— Moi, Harpagon ! Je le sais au rasoir !

Bastien employait une expression de Jeanson, à qui il voulait de toutes ses forces donner satisfaction.

Deux ou trois semaines plus tôt, Chloé aurait trouvé le jeu de son camarade formidable. Mais elle avait compris que le concours exigeait la perfection technique dans l'exécution d'un morceau. Bastien accrochait des mots, précipitait son débit, étouffait les fins de phrase, manquait de précision dans ses gestes et on voyait dans ses yeux qu'il cherchait parfois son texte.

— Eh bien, voilà, tu t'en tires bien, le félicita Jeanson. Neville, à toi.

Chloé eut un pincement de colère au cœur. Jeanson ne perdait plus son temps à faire retravailler Bastien, il concentrait désormais tous ses efforts sur son poulain. Chloé eut envie de prévenir Bastien, qui avait l'air si content de lui, que Jeanson l'envoyait au casse-pipe. Mais de quel droit l'aurait-elle fait ? Le concours était devenu le seul horizon de Bastien, la seule chose qui le faisait avancer.

Ce mercredi-là, Jeanson fit passer Lorenzaccio, Hippolyte, le prince de Hombourg, soit Neville, Neville et encore

Neville. De temps en temps, il se rappelait l'existence des deux partenaires, mais seulement pour les secouer. Bastien, surtout, se fit défoncer, comme il le disait lui-même avec philosophie.

— On voit que tu n'écoutes pas quand Lorenzo te parle ! lui cria Jeanson.

— Si... J'écoute. Mais en même temps je me redis mes répliques mentalement, j'ai peur d'en oublier.

— Mais si écoutais VRAIMENT, tu répondrais à Lorenzo sans chercher tes mots, parce qu'au théâtre comme en amour tout vient de l'autre. Allez, on recommence à *Quel abîme ! Quel abîme tu m'ouvres !*

Jeanson interrompit Neville en plein milieu de sa tirade alors qu'il était bien parti.

— Non, non, non ! Bastien, qu'est-ce que tu fais ?

— Moi ? Mais... rien. Il parle, il parle...

— Mais tu ne l'écoutes pas ! ragea Jeanson. Ce sera d'un effet désastreux sur le jury. Imagine que, pendant la déclaration d'Hippolyte, Chloé sorte sa lime pour se faire les ongles. C'est la même chose !

L'image fit ricaner Bastien et lui donna une idée également désastreuse. À la reprise de la tirade et pendant que Neville parlait, il sortit un petit peigne de sa poche pour se recoiffer. Jeanson le lui arracha des mains avec un rugissement.

— Tu me refais ce coup-là et je te flanque deux claques !

Jeanson avait le sens de l'humour, mais pas celui de la blague. Bastien se le tint pour dit et é-cou-ta.

À la fin de la séance, Jeanson nous apprit qu'il serait sans doute en retard le samedi suivant.

– Mais répétez sans moi. Chauffez-vous la voix en m'attendant. Tiens...

Il venait d'ôter une clé de son trousseau et il la tendit à Neville.

– Tu me la rendras samedi.

Neville ferma le poing sur la clé comme si son intention était de la garder à jamais.

Cela nous fit un curieux effet, le samedi suivant, d'entrer chez Jeanson sans sonner. Les meubles avaient été repoussés pour dégager la scène.

– Vous avez remarqué ? dit Bastien. La photo a disparu.

– Quelle photo ? demanda Neville, trop centré sur lui-même pour noter ce genre de choses.

– Mais celle des petites filles sur la cheminée.

Bastien continua l'inspection du salon, déplaçant un coquillage, regardant le titre d'un livre.

– Combien croyez-vous qu'il y a de pièces ? dit-il en lorgnant vers le couloir.

Chloé lui répondit par une autre question :

– Tu connais l'histoire de Barbe-Bleue ?

– Ah, ah, madame, vous êtes entrrrée dans mon petit cabinet, fit Bastien en roulant les r d'une façon terrifiante. Il faut mourrrrirrr !

Il s'avança dans le couloir et les deux autres le suivirent du regard sans le rappeler à l'ordre.

— Oh, Neville, viens voir ! s'exclama Bastien d'une voix où la surprise n'était pas feinte.

Il avait ouvert la porte de la chambre de Jeanson. Elle était presque vide, un lit, des livres. Comme celle de Neville.

— Tu es sûr que ce n'est pas ton père ? lui demanda Bastien.

— Referme. Dépêche.

Le cœur nous battait à tous les trois en revenant dans le salon à la pensée que nous aurions pu être surpris en flagrant délit d'indiscrétion.

— Tu as lu *Le Bal des voleurs* ? demanda Bastien à Chloé.

— Oui, c'est sympa.

— Tu veux bien jouer la scène avec moi ?

— Oui.

— Ça ne te gêne pas ? insista Bastien en jetant un coup d'œil vers Neville.

— Non. Si tu ne me fais pas mal.

— Te faire mal ? répéta Bastien sur un ton ahuri.

— En me ligotant.

Les deux garçons se mirent à rire. Chloé les dévisagea tour à tour.

— Vous croyez que je n'ai pas compris votre cinéma ? C'est à cause du baiser, c'est ça ? Je te signale, Bastien, que ça vient après la dernière réplique, il faudra déjà que tu apprennes ton rôle jusque-là.

— Si les profs m'avaient motivé avec ce genre d'argument, je serais devenu bon élève, lui répondit Bastien.

— C'est vrai qu'un bisou de madame Plantié, ça m'aurait tenté, remarqua Neville.

Au lieu de répéter, nous commençâmes à nous raconter nos années de collège. Nous étions assis en rond sur le tapis, jouant parfois à nous repousser de nos pieds déchaussés. L'heure tournait, Jeanson n'arrivait pas, et c'était de plus en plus étrange d'être là tous les trois.

— Vous connaissez le jeu «je n'ai jamais»? demanda soudain Bastien.

— Jeune et jamais? fit Chloé sans comprendre.

— Non. Tu dis une phrase comme... je n'ai jamais... Je ne sais pas, moi... pété dans ma baignoire.

— Classe, commenta Neville.

— Je viens de te dire que c'est un truc que je n'ai jamais fait. Mais si un de vous deux l'a déjà fait, il doit lever la main. C'est un genre de jeu de la vérité.

— Let's try, embraya Neville. Je n'ai jamais couché.

Chloé et Bastien s'entre-regardèrent. Ne levèrent pas la main. Neville eut son demi-sourire énigmatique.

— Et toi, c'est vrai? le questionna Bastien, soupçonneux.

— Que je suis vierge? Oui. Ascendant scorpion.

— Fais chier, maugréa Bastien. Bon, à moi. Je n'ai jamais dragué un garçon.

Chloé coinça ses mains sous ses cuisses, mais Neville leva la sienne.

— Voilà, fit Bastien, un peu vengé.

— Je vois qu'on travaille, dit une voix familière.

– Oups, fit Bastien à la pensée de ce qui venait de s'échanger et que Jeanson, entré sournoisement, avait probablement entendu.

Il traversa le salon d'un pas traînant, comme si le vieil homme était de plus en plus fatigué. Nous aussi étions épuisés au moment de nous séparer à la station de tramway.

– *J'ai honte, Juliette, j'ai honte,* dit alors Bastien.
– C'est quoi, ça ? s'informa Chloé.
– C'est la dernière réplique de ma scène. Toi, tu me réponds : *Cela ne fait rien. Embrasse-moi.*
– Et ils s'embrassent, les brusqua Neville. Faites vite, j'ai mon tram qui arrive.

Effectivement, on entendait la petite cloche du tramway, qui allait passer le coin de la rue. Chloé s'approcha de Bastien, ou l'inverse, et leurs lèvres s'effleurèrent. Ce n'était pas le « longtemps » prévu par l'auteur, mais c'était tout de même ça.

– Et moi ? réclama Neville.

Chloé l'embrassa aussi. La tête lui tournait, définitivement.

– Je n'ai jamais aimé deux garçons à la fois, fit Bastien dans son dos.
– Je passe mon tour, dit Neville en mettant les mains dans les poches.

Mais Chloé leva la sienne.

16
Tout cela manque de sang.

Il restait un mois avant le premier tour du concours, fixé au lundi 19 mars, et, depuis le désistement de Chloé, il manquait une scène à Neville. Une scène que Jeanson ne trouvait pas.

Puis un lundi, après notre cours salle Sarah-Bernhardt, il nous fit discrètement signe de rester.

— *Les hommes meurent et ils ne sont pas heureux*, dit-il à Neville en lui tendant un livre.

— *Caligula* ? s'étonna Neville en voyant le titre de la pièce. Mais c'est un bad boy ?

— C'était juste un empereur un peu farceur, lui répondit Jeanson. En tout cas, c'est un rôle de jeune premier, Gérard Philipe l'a joué.

La pièce de Camus commençait avec la mort de Drusilla, à la fois sœur et maîtresse de Caligula. Si ça part comme ça, se dit Chloé, j'espère que Clélia ne me demandera pas de lui raconter l'histoire...

Jeanson avait sélectionné deux courtes scènes entre Caligula et son confident Hélicon, qui montraient la montée en puissance de la folie chez le jeune empereur romain. La première scène se situait à l'acte I.

HÉLICON : Ton absence a duré longtemps.
CALIGULA : C'était difficile à trouver.
HÉLICON : Quoi donc ?
CALIGULA : Ce que je voulais.
HÉLICON : Et que voulais-tu ?
CALIGULA, *avec naturel* : La lune.

Entre l'acte I et l'acte III, où se situait la seconde scène retenue par Jeanson, Caligula, dans sa meurtrière quête de l'impossible, dépouillait les riches sénateurs, violait leurs femmes, faisait mourir des vieillards dans de lentes tortures, empoisonnait par jeu, étranglait par plaisir.

– C'est une espèce de Lorenzaccio qui part en live, conclut Neville après avoir lu la pièce.

Dans les deux scènes, Neville devait jouer pieds nus car, tandis qu'Hélicon tentait de le prévenir d'un complot contre sa vie, l'empereur se passait les ongles des doigts de pied au vernis rouge, à la grande horreur muette de Chloé.

CALIGULA, *occupé à rougir ses ongles du pied* : Ce vernis ne vaut rien. Mais pour en revenir à la lune...

Neville s'interrompit, le pinceau du vernis à la main, soudain traversé par une idée.

– Si je passe Hippolyte après Caligula, j'aurai les ongles peints, ça va faire mauvais genre chez un warrior.

Monsieur Jeanson prit sa remarque au sérieux. Il avait prévu de lui faire jouer les deux rôles pieds nus, et Neville n'aurait certainement pas le temps d'ôter le vernis le jour du concours.

– Écoute-moi, le jury laisse presque toujours au candidat le choix de sa première scène. Tu passeras Hippolyte en premier. C'est ton meilleur rôle.

– Et moi ? demanda Bastien. Je passe quoi en premier ?

– Toi ? Heu...

Il était clair que Jeanson n'y avait pas pensé.

– Eh bien... *Le Jeu de l'amour et du hasard*. Oui, c'est ça, Arlequin.

Dans les deux cas, Chloé serait leur réplique et devait s'y préparer.

Elle refusa de suivre ses parents au ski pendant la deuxième semaine des vacances de février, ce qui fit monter le ton entre eux au cours d'un dîner.

– On ne va pas en faire une tragédie ! s'écria Clélia, les bras au ciel, provoquant le rire autour de la tablée.

Monsieur et madame Lacouture laissèrent donc leur fille libre de ses mouvements. Sans doute étaient-ils rassurés de savoir qu'elle avait renoncé à concourir pour son propre compte. Madame Lacouture, tout en empaquetant pulls et bonnets, fit quelques tentatives pour découvrir si Bastien ou le beau Neville n'avaient pas les faveurs de sa fille. Mais Chloé fit celle qui ne comprenait pas.

Un midi, elle rejoignit Bastien et Neville, qui déjeunaient d'un hamburger au Barillet, et put enfin leur déclarer :

– Ils sont partis. Je suis libre !

— Libre ? fit Neville en écho. *On est toujours libre aux dépens de quelqu'un. C'est ennuyeux, mais c'est normal.*

— C'est dans *Caligula*, expliqua Bastien à Chloé. Nous parlons le Caligula à longueur de journée.

Neville pressa la boutcille de ketchup au-dessus de sa main puis se fit une traînée rouge sur la joue en s'écriant :

— *Tout cela manque de sang !*

— Comme tu vois, fit Bastien, le ton blasé, Jeanson a eu une super bonne idée.

Faire jouer Caligula à Neville, dans l'état de tension nerveuse où il était, c'était la même chose que de craquer une allumette au-dessus d'une nappe d'essence.

— *On meurt parce qu'on est coupable. On est coupable parce qu'on est sujet de Caligula. Or tout le monde est sujet de Caligula.*

— Mais ferme ça, lui ordonna Bastien. Tiens, regarde, Chloé, j'ai la clé.

Il posa sur la table la clé de l'appartement de Jeanson.

— Il nous la laisse pour toute la semaine. On va pouvoir se vautrer sur son tapis à fleurs.

Nous adorions ce tapis circulaire, aussi hideux que moelleux.

— *Donc, tout le monde est coupable. D'où il ressort que tout le monde meurt.*

— Je te commande un Coca ? proposa Bastien à Chloé, en s'efforçant de faire comme si Neville n'existait pas.

Jeanson avait précisé que nous pouvions nous exercer en son absence entre 10 heures et 17 heures, lui-même venant ensuite nous faire répéter. De longues journées de travail nous attendaient. Jeanson avait interdit à Neville de répéter Hippolyte sans lui. C'était le rôle sur lequel notre professeur comptait le plus pour le concours, et il ne voulait pas que Neville prenne de mauvaises habitudes de diction ou d'interprétation. Pour le reste, nous étions libres de nous organiser comme nous le souhaitions.

Notre premier mouvement en entrant chez Jeanson fut de nous rouler sur le tapis en criant :

— *Je te saignerai, pourceau !*
— *Quand je ne tue pas, je me sens seul !*
— *Ô ma vengeance, il y a longtemps que tes ongles poussent !*

Neville et Bastien, qui avaient de vagues notions, l'un de lutte, l'autre de judo, cherchèrent à se terrasser.

— Aïe, aïe, aïe, couina Chloé après s'être pris un coup de coude dans la tempe.

— Oh, désolé, désolé, dit Bastien, qui n'en était d'ailleurs pas responsable.

— *Il n'est pas de passion profonde sans quelque cruauté*, ajouta Neville en guise d'excuse.

La vérité de cette maxime nous apparut lorsque nous décidâmes de répéter *Le Bal des voleurs*. Car comment jouer sans quelque cruauté :

GUSTAVE, *lui saute dessus* : Oh, vous, ma petite, vous en savez trop.

JULIETTE : Oh, ne me faites pas de mal !

GUSTAVE : N'ayez pas peur. Simple mesure de précaution.

(Il l'a ligotée sur sa chaise.)

Bastien avait apporté une corde de chez lui et il alla chercher une chaise dans la cuisine.

– Bastien, quand tu dis : *Vous, ma petite,* tu prends ta corde, lui indiqua Neville, s'improvisant metteur en scène. *Vous en savez trop,* tu lui tords les bras dans le dos. *Ne me faites pas de mal,* tu lui entoures les poignets avec la corde. Un, deux et trois. Let's go !

Au bout du dixième essai, Bastien parvint à enchaîner les gestes tandis que Chloé se débattait mollement.

– Quand même, Chloé, lui reprocha Neville, ne prends pas ce ton gnangnan !

– Quoi, gnangnan ? s'énerva-t-elle au quart de tour.

Il l'imita en minaudant.

– Oh, ne me faites pas de mal…

– Je ne l'ai pas dit comme ça !

– Si.

– Non !… Bastien ?

Lâchement, Bastien fit signe qu'il ne prenait pas parti.

– Tu vas voir que si, moi, je t'attache, s'échauffa Neville, tu vas réagir !

– Eh bien, vas-y ! le provoqua Chloé.

Neville fit comme il était écrit dans le texte : il lui sauta dessus. Puis lui tordit les bras dans le dos et l'entoura frénétiquement avec la corde avant de l'asseoir brutalement sur la chaise. Chloé se débattit avec conviction tout en criant :

– Mais arrête, tu me fais mal ! Mais il est con, ce type !

– Ce n'est pas dans le texte, remarqua Bastien en faisant semblant de vérifier dans son livre.

– Je fais quoi après ? demanda Neville, tout essoufflé. Je la bâillonne, non ?

Bastien interrogea Chloé d'un regard un peu inquiet. Neville lui arracha le livre des mains.

– Mais oui, il la bâillonne ! Et il dit : *N'essayez pas de m'attendrir, j'en ai vu d'autres !* Si on n'y met pas un peu de brutalité, on n'est pas crédible.

– C'est toi qui joueras Gustave ? s'informa Chloé tout en faisant tomber ses liens.

– Non, mais Bastien, il est mou, répondit Neville avec une mimique de dégoût. Il fait du sentiment, du sentiment avec les filles !

– Putain, Caligula, il me gonfle ! s'écria Bastien en se jetant sur Neville, ce qui n'était plus du tout prévu dans la scène.

Chloé lui vint en renfort.

– Tiens-le, j'ai la corde !

À eux deux, ils renversèrent Neville sur le tapis et commencèrent à lui ligoter les jambes. À la vérité, il riait trop pour se défendre.

– Vous faites quoi, exactement ?

Jeanson avait un talent particulier pour faire des entrées discrètes au mauvais moment.

– Nous sommes en train de répéter *Le Bal des voleurs*, répondit Bastien sur un ton de sérieux qui redoubla le rire de Neville.

– Trois cinglés, marmonna Jeanson en s'éloignant vers le couloir, tandis que le fou rire se propageait de Neville à Bastien et de Bastien à Chloé.

Nous étions calmés quand Jeanson revint, sa tasse de thé à la main.

– Assez perdu de temps, nous dit-il. Hippolyte, Aricie, en place !

Docile, Neville se dépouilla de son tee-shirt, ce qui correspondait pour lui à un changement d'identité.

En fin de soirée, Jeanson nous reparla du jour du concours.

– Vous devez arriver la veille sur Paris. Avez-vous un point de chute ?... Non ? J'y ai pensé. Je vais vous faire héberger par madame Delvac, rue Charlot. Elle a deux chambres, qu'elle mettra à votre disposition pour la nuit.

– C'est qui, madame Delvac ? demanda Bastien, à peu près certain de se faire rembarrer.

– Ma sœur, répondit sèchement Jeanson.

Une fois dans la rue, nous nous sommes aperçus que la nuit tombait et qu'il faisait froid.

Bastien et Neville avaient l'intention de rester ensemble.

– Manger et coucher, fit Neville, équivoque.

– Il n'y a personne chez moi, dit Chloé.

Bastien, considérant que c'était une invitation, proposa d'aller acheter des pizzas au Carrefour Market. À la caisse où officiait sa mère, Bastien présenta ses amis sur un ton d'entrain un peu forcé.

– Hello, maman ! Ce sont mes partenaires au conservatoire, Neville et Chloé.

Madame Vion posa sur eux un regard dépourvu de curiosité.

– On passe le concours ensemble, lui rappela Bastien.
– Ah oui ? fit sa mère. 17,20 euros.

À la sortie du magasin, Chloé, en signe de soutien, pressa la main de Bastien, celle qui ne portait pas les pizzas.

– Je suis habitué, dit-il sans amertume. Mais merci quand même.

Chloé se dépêcha d'allumer quelques lampes en entrant dans son appartement comme pour en chasser d'éventuels fantômes.

– Je peux visiter ? demanda Bastien.
– Vas-y. Je réchauffe les pizzas.

Quand elle appela les deux garçons à table avec l'exacte intonation de sa mère, elle n'obtint que la réponse de Bastien.

– Où est Neville ?
– Sais pas.

Ils le trouvèrent dans la chambre de Clélia très occupé à jouer avec la maison de poupée victorienne.

– Qui est gnangnan ? se moqua Chloé.

Mais le rire lui rentra dans la gorge quand elle s'aperçut que tous les Playmobil, depuis la cuisinière jusqu'au papy, avaient des postures douteuses, où même le parapluie avait trouvé une fonction. Par ailleurs, la nourrice avait mis le bébé au four et la mère de famille était en train de découper sa fille avec une scie.

— Les pauvres Playmooo ! fit Bastien sur un ton bêlant.

— *Je suis pur dans le mal comme tu es pur dans le bien !* déclama Neville avant d'ajouter : j'ai trop faim !

Toutefois, avant de passer à table, il prit le temps d'appeler sa mère, s'informant de son état de santé, de son moral, de ce qu'elle avait pour dîner. Chloé et Bastien échangèrent un sourire, soulagés de voir Caligula revenu à des sentiments plus humains.

Pour l'installation nocturne, Bastien, peu désireux de dormir seul avec Neville, suggéra de jeter des matelas par terre dans le salon.

Notre veillée commença par un « je n'ai jamais » qui nous parut bientôt limité. Nous n'en étions plus à nous tendre des pièges. Nous voulions nous parler. Cette nuit-là, les secrets que nous avions enfouis en nous-mêmes vinrent à la surface. Vers 4 heures du matin, l'épuisement nous rendit peu à peu silencieux.

Chloé éteignit la lampe. On entendit dans l'ombre profonde le bruit métallique d'un ceinturon qu'on défait, le froissement de vêtements qu'on ôte et qu'on rejette, puis un bâillement, un soupir.

Ce fut le grand jour qui nous éveilla.

Bastien et Neville avaient dormi en caleçon, Chloé avait gardé ses sous-vêtements.

– Je t'écris un truc dans le dos et tu devines ce que c'est, lui dit Bastien. Tu permets que je t'écrase ?

Ceci à l'adresse de Neville qui avait dormi entre Bastien et Chloé.

– Je t'en prie, fit-il.

Du bout du doigt, Bastien traça « je t'aime » sur la peau de Chloé, et Neville y ajouta « moi aussi ».

– Classique, dit Chloé, qui avait facilement deviné. Vous voulez prendre une douche ?

Quand elle entra dans la salle de bains, elle ne jeta qu'un coup d'œil informatif vers la cabine au verre dépoli. Les deux garçons s'y trouvaient déjà sous un jet d'eau fumant et ricochant. Elle se brossa les cheveux en se dévisageant dans le miroir à trois faces. À peine si elle se reconnaissait.

– Je vais faire le café.

Elle traversa l'appartement revêtue du tee-shirt de Neville, qu'elle avait ramassé au pied du lit et qui lui arrivait à mi-cuisse. Les garçons, quand ils la rejoignirent, l'embrassèrent chacun sur une joue.

– On va chercher les croissants ! lui annoncèrent-ils, demi-nus et finissant de s'égoutter sur le carrelage de la cuisine.

Qui n'a voulu, une fois dans sa vie, arrêter le cours du temps ? Pour nous, ce fut ce matin-là, ensoleillé, sentant la savonnette et le café, que nous aurions voulu faire durer une éternité.

17
*Je voudrais bien savoir si la grande règle
de toutes les règles n'est pas de plaire.*

Le samedi 17 mars, il y eut une ultime répétition chez Jeanson.

— Ça ira très vite lundi, nous prévint-il. Dix minutes et c'est plié. Mais dix minutes, c'est suffisant pour Hippolyte.

Ces derniers jours, Jeanson avait tout parié sur le rôle d'Hippolyte dans *Phèdre*. *Par quel trouble me vois-je emporté loin de moi ?* Ce trouble qui donnait à Neville la chair de poule, dont Chloé semblait irradiée, se propagerait comme un incendie jusqu'au jury.

L'heure était venue de nous quitter. Les derniers mots de Jeanson furent tout entiers pour Neville.

— Tu ne dois pas chercher en toi le texte, mais uniquement le sentiment qui te pousse à le dire. Que les mots te montent aux lèvres parce que tu ne peux plus les retenir.

NEVILLE : Contre vous, contre moi, vainement, je m'éprouve.

Jeanson : Oui, c'est cela. Je vous aime, je n'ai pas les mots pour vous le dire, mais je les dis quand même.

Neville : Songez que je vous parle une langue étrangère.

C'était comme un duo amoureux entre le maître et l'élève. Bastien n'osa pas objecter que peut-être le jury demanderait une autre scène à Neville, mais il en eut alors le pressentiment. Jeanson, que l'émotion envahissait, y mit brusquement fin.

– Allez, les enfants. Lundi, vous donnez TOUT.

Cela n'avait pas été une mince affaire de convaincre monsieur et madame Lacouture de laisser Chloé monter à Paris et passer une nuit chez une dame Delvac dont on n'avait jamais entendu parler. Jeanson lui-même dut appeler monsieur Lacouture pour s'expliquer. Après ce coup de fil, le père de Chloé fut catégorique.

– C'est quelqu'un de très bien.

Jeanson lui avait fait forte impression. Le dimanche en début d'après-midi, la famille Lacouture au complet accompagna Chloé à la gare.

– Quand même, j'aurais pu venir, regretta encore madame Lacouture sur le quai. On aurait pris une chambre à l'hôtel. Parce que cette madame Delvac, dans le fond…

– Maman, j'y vais… Mes copains sont déjà dans le train.

– Demande au contrôleur si tu ne trouves pas les toilettes.

– Maman !

Chloé n'avait jamais pris le train. Chez les Lacouture, on voyageait toujours en voiture avec *Émilie jolie* en fond sonore.

La rue Charlot à Paris se trouvait dans un quartier à la mode. Madame Delvac vivait dans un appartement trop grand pour elle, comme elle nous le dit en nous conduisant dans deux chambres contiguës, qui avaient chacune un lit double.

– Ici, pour vous, mademoiselle, nous dit notre hôtesse, et à côté pour ces messieurs.

Ces messieurs s'échangèrent un regard goguenard mais ne répondirent rien.

Madame Delvac, qui avait un air de famille avec son frère, paraissait beaucoup plus jeune que lui et en bien meilleure santé. Était-elle veuve ou divorcée ? Avait-elle eu des enfants ? Rien ne l'indiquait. Elle vivait avec une chatte persane dans un appartement blanc et beige, meublé design, à mille lieues du salon provincial et surchargé de notre professeur.

Avec son indiscrétion habituelle, Bastien examina le living-room et s'arrêta devant un pêle-mêle où étaient affichées quelques photos.

– Tiens, les petites filles ! laissa-t-il échapper à voix haute.

Madame Delvac, qui était en train de questionner Chloé sur le concours, tourna la tête vers Bastien.

– Ah, cette photo ? dit-elle.

C'était celle que Jeanson avait fait disparaître de notre vue.

– Ce sont mes sœurs et moi. Je suis la plus grande des trois, ajouta madame Delvac.

– Et pourquoi monsieur Jeanson n'est pas sur la photo ? demanda Neville.

– C'est peut-être lui qui la prenait ?... Vous savez, il a dix ans de plus que moi. Pour Jeanson, nous étions « les petites ».

– Et pourquoi vous l'appelez Jeanson ? reprit Neville sur un ton agressif. Il n'a pas de prénom ?

– Mais...

Madame Delvac eut un rire un peu mondain.

– Vous êtes bien curieux. Jeanson n'aime pas son prénom.

Trouvant l'atmosphère un peu tendue, Bastien proposa d'aller faire un tour dans le quartier.

– Ne rentrez pas après vingt-deux heures, nous dit madame Delvac. Jeanson m'a recommandé de vous mettre au lit de bonne heure !

Une fois dans la rue, Chloé pria Neville de faire un effort pour être poli avec madame Delvac.

– Elle m'énerve, fit-il entre ses dents. Espèce de vieille poule.

Mais la mauvaise humeur de Neville s'évapora dès qu'il sentit sous ses pieds le macadam de la grande ville.

– C'est là que je veux vivre.

Pour Bastien, c'était simple :
— À la rentrée, on se prend un appart, Chloé en fac, nous deux au Cons'.
— Bastien Vion, la solution à tous vos problèmes ! le charria Chloé. Et on vit de quoi ?
— De tes charmes, lui répondit Neville.
Dire des idioties nous permettait d'oublier pourquoi nous étions là.
Mais à 22 h 30, dans la chambre de Chloé que « ces messieurs » avaient décidé de squatter, le malaise s'installa peu à peu.
— J'ai un éléphant sur le ventre, signala Neville.
— Moi, c'est une grosse arête dans le gosier, remarqua Bastien en essayant de déglutir.
Neville, à demi dévêtu, s'étendit entre les deux autres, comme d'habitude.
— On fait une italienne ? proposa Chloé.
C'était un terme que Jeanson nous avait appris. Une italienne était une récitation de nos scènes sans mettre le ton, juste pour en vérifier la mémorisation.
Bastien commença par son monologue, qu'il débita de façon monotone. *Au voleur ! Au voleur !* Mais il cala à :
— *Mon esprit est troublé et* merde, je ne sais plus la suite. Maman, je ne sais plus rien ! Je veux rentrer chez moi !
— Tu n'as pas de chez-toi et ta mère ne t'aime pas, lui rappela Neville sur le ton de l'évidence.
— Ce n'est pas une raison pour essayer de me faire tomber du lit.

— Mais c'est toi! protesta Neville. Tu as tellement peur de perdre ton pucelage, tu te recroquevilles au bord!

— Chloé, mets-toi au milieu, réclama Bastien. Neville est méchant avec moi.

Le grincement du plancher de l'autre côté de la porte nous rappela à l'ordre.

— C'est elle, chuchota Neville comme s'il s'agissait du fantôme de lady Macbeth.

— J'ai peur, dit Bastien tout bas. Chloé, viens.

Chloé passa par-dessus le corps de Neville qui, bon garçon, se glissa sous elle de façon à laisser Bastien près de celle qu'il aimait.

— Neville, chuchota Bastien.

— Tu vois? Tu ne peux pas te passer de moi.

— Je voudrais qu'on répète *Lorenzaccio* vite fait.

— Pourquoi?

— Je ne sais pas. Comme ça. Vas-y, commence à *Philippe, Philippe, j'ai été honnête.*

Chloé s'endormit, bercée par l'italienne. Quand elle s'étira, encore ensommeillée, elle sentit à sa gauche le corps de Bastien, mais rien à sa droite.

— Bastien?

— Hmm...

— Tu sais où est Neville?

— Mm'l'autre lit...

Neville, ne parvenant pas à dormir dans cette promiscuité, avait fini par s'exiler dans la chambre voisine.

Nous nous sommes donc retrouvés pour le petit déjeuner, juste douchés, hâtivement habillés, les traits tirés par la fatigue. Madame Delvac nous rejoignit dans la cuisine, déjà pomponnée, comme ces actrices hollywoodiennes brushinguées au saut du lit.

– Le café est frais, nous dit-elle. Les confitures sont maison… Que vous arrive-t-il ?

Elle s'adressait à Neville, qui palpait son épaule droite, le visage crispé par la douleur.

– J'ai dû me froisser quelque chose.

C'était plutôt une mauvaise nouvelle pour quelqu'un qui devrait peut-être tirer l'épée dans la matinée. Madame Delvac alla chercher dans sa pharmacie des comprimés et un tube de pommade.

– Enlevez votre tee-shirt, dit-elle à Neville, qui en eut un tressaillement d'indignation.

Mais comme il ne trouvait rien de raisonnable à répliquer, il finit par s'exécuter et, tandis qu'il se laissait masser, assis à califourchon sur une chaise, Bastien et Chloé prenaient leur petit déjeuner, le nez dans leur bol, sans piper mot.

– Vous auriez pu faire preuve d'un peu plus de maturité, conclut madame Delvac en rebouchant le tube. Chahuter, comme vous l'avez fait, la veille d'un concours…

Ainsi soigné et grondé, Neville attendit que madame Delvac ait tourné les talons pour maugréer un : « vieille toupie », aussi injuste que démodé.

Sur le palier, notre hôtesse nous dit qu'elle ne nous souhaitait pas bonne chance puisque les acteurs sont superstitieux.

Chloé se confondit en remerciements dans le plus pur registre Lacouture, Bastien alla jusqu'à faire la bise et Neville garda la même moue maussade.

— Pensez à sourire au jury, lui conseilla madame Delvac, s'attirant un dernier regard meurtrier.

Afin d'éviter tout effort physique à Neville pendant le trajet en métro, Bastien se chargea du sac de sport où étaient entassés les accessoires, épées, corde, chapeaux, vernis à ongles.

Bastien devait passer à 10 heures. Il avait fait de sérieuses impasses, *Le Bal des voleurs* était à peine réglé, Cyrano s'embrouillait dans ses alexandrins. Neville passait à 15 heures. *Caligula* était son seul point faible. Il n'avait pas trouvé le ton du personnage, le jouant efféminé ou enfantin. Quant à Chloé, elle serait désastreuse en Juliette, passable en Lisette, mais ferait une émouvante Aricie. En somme, tout pouvait arriver.

Il y avait de l'animation au 2, rue du Conservatoire, mais pas la foule des 1 300 candidats que nous avions imaginée, car les auditions étaient réparties sur deux semaines. On se bousculait tout de même devant les listes affichées dans le hall d'entrée, où chacun devait repérer son nom. Chloé, qui s'était faufilée jusqu'au tableau d'affichage, revint informer Bastien.

– Tu passes devant le jury 2, studio Georges-Leroy. C'est au premier étage.

Les formalités étaient les mêmes que pour tout examen. Un appariteur vérifiait la convocation et demandait une pièce d'identité.

– Vous restez là jusqu'à ce que je vous appelle.

«Là», c'était un vaste palier où les candidats attendaient que la porte du studio s'entrouvre pour eux. Un couple sur une banquette rouge se donnait la main, les lèvres du garçon remuaient légèrement. Dernière révision. Neville se mit à marcher de long en large en faisant rouler ses épaules.

– Monsieur Da Silva, appela l'appariteur, tandis que la porte du studio laissait s'échapper trois jeunes gens.

Le couple se leva, la jeune fille hésitant à s'avancer.

– Oui, oui, l'encouragea l'huissier, c'est le candidat avec sa réplique.

La porte se referma sur eux deux. Au bout de quelques secondes, nous entendîmes des vociférations qui venaient du studio Georges-Leroy. Chloé sourit en songeant à ce qu'aurait dit Clélia : encore une tragédie !

Nous eûmes un petit sursaut d'étonnement quand la porte se rouvrit. La prestation de monsieur Da Silva avait à peine duré cinq minutes. L'appariteur ne nous laissa pas le temps de nous interroger.

– Monsieur Vion.

La première chose que nous vîmes en entrant, ce fut la scène en pleine lumière. Le jury était dans la pénombre de la salle. Ils étaient cinq, chacun derrière son pupitre juste éclairé par une petite lampe.

— Entrez, entrez, fit une voix cordiale et très âgée. Montez sur l'estrade, monsieur... Où ai-je mis ce papier?... Voilà. Monsieur Da Silva.

— Non, non, chuchota une voix dans l'ombre. C'était le précédent. On en est à Vion.

— Oui, c'est ce que je disais. Vion. Monsieur Vion... Tiens? Élève de Jeanson. J'ai connu un Jeanson.

Bastien était monté sur scène, avait mis les mains dans les poches par fausse décontraction, puis s'était souvenu que cela ne se faisait pas.

— Alors, vous voulez devenir comédien? lui demanda le président du jury avec sa voix de bon papy.

— Heu... oui, répondit Bastien, déstabilisé.

— Bon, bon, bon. Qu'est-ce que... oui... qu'est-ce que vous voulez jouer?

Nous avons appris plus tard que le président du jury 2 était un ancien metteur en scène de talent, qu'on invitait encore de temps en temps au Conservatoire, mais dont tout le monde savait qu'il était gâteux. Bastien, comprenant qu'on le laissait libre de choisir, faillit hurler de joie. Mais, se contrôlant, il fit celui qui hésitait devant la multitude de rôles qu'il pouvait interpréter et il dit calmement :

— *Le Jeu de l'amour et du hasard*. Le rôle d'Arlequin.

— Ah, Marivaux! s'exclama le papy. Je me rappelle qu'en 1951...

– Hum, hum, fit un des jurés.

– Ah oui, c'est vrai, l'heure tourne. Eh bien, allez-y, monsieur Léon... Non. Vion.

Chloé avait déjà rejoint Bastien sur l'estrade, les jambes si flagcolantes qu'elle avait buté dans une marche. Elle disparut avec lui derrière le paravent qui figurait la coulisse. « Cool », lui glissa-t-il avec un sourire d'espièglerie. Ainsi tranquillisée sur le mental de son partenaire, Chloé marcha jusqu'à l'avant-scène, maniant un éventail avec coquetterie.

LISETTE : J'ai de la peine à croire qu'il vous en coûte tant d'attendre, monsieur. C'est par galanterie que vous faites l'impatient.

Neville, resté en bas, leva les yeux au ciel. Chloé avait pris son ton gnangnan. Mais très vite, et grâce à un Arlequin à la fois balourd et plein d'entrain, Lisette se mit, elle aussi, à jouer juste.

LISETTE : Quel insatiable ! Eh bien, monsieur, je vous aime.

Nous entendîmes distinctement le vieux président dire : « elle est charmante » tandis que sa voisine lui faisait : « chut, chut ». Le jury laissa la scène se dérouler jusqu'au bout.

– Merci, monsieur Léon, dit le papy, merci mademoiselle. Pour moi, c'est bon. Marivaux, quand même, c'est charmant.

Bref, tout le charmait et, quand nous nous retrouvâmes sur le palier, nous en étions encore éberlués.

Bastien se tourna vers Neville.

— Tu en as pensé quoi ?
— Tu t'es trompé, tu as dit : « Je ne devrais parler qu'à vos genoux » au lieu de : *Je ne devrais vous parler qu'à genoux.*
— Mais c'est du détail ! explosa Chloé. En plus, ils n'ont pas le texte sous les yeux.
— Just kidding. Vous avez été... bien. Franchement. Tous les deux.
— Vous êtes charmants, vous nous avez charmés, fit Bastien en prenant la voix du papy.
— Attends d'être sorti du Conservatoire pour te payer la tête des gens, lui recommanda Chloé.

Une fois dans la rue, elle entraîna les deux autres vers les Grands Boulevards tout proches, et se mit à tout commenter avec volubilité, les affiches des théâtres, les menus des restaurants, les prix des vêtements. Bastien engloutit une crêpe au Nutella. Tous deux décompressaient.

— Ne vous déconcentrez pas, s'inquiéta Neville, je ne suis pas encore passé.
— Mais papy va te trouver charmant, voulut le rassurer Bastien.
— J'aurai peut-être un autre jury.

Chloé se souvint alors qu'elle n'avait pas cherché le nom de Neville Fersen sur le tableau d'affichage et celui-ci n'eut plus qu'une idée en tête : savoir devant qui il passerait.

— Tu es là, s'écria Bastien de retour devant les panneaux. Jury 3. Studio Pierre-Aimé-Touchard. Oh, tiens ! Diane a le même jury que toi.

Les candidats du jury 3 devaient patienter dans le grand hall qui, avec ses colonnes, son dallage et ses banquettes de velours rouge, faisait penser à l'entrée d'un théâtre. Diane répétait avec sa réplique dans un coin discret derrière le grand escalier. Bastien, qui ignorait jusqu'au mot de rancune, s'apprêtait à la saluer quand Chloé le rattrapa par le poignet.
– Non !
– Qu'est-ce qu'elle t'a fait ? demanda Bastien, l'œil amusé.
– C'est à toi que je vais faire quelque chose si tu y vas, menaça Chloé d'une voix sourde. Ce n'est pas la peine de me regarder comme ça, je ne suis pas jalouse !
– Mais je n'ai rien dit, fit Bastien en riant tout à fait.
– Vous arrêtez, j'essaie de me concentrer, intervint Neville, le ton plaintif.
Il s'était assis sur une des banquettes, les mains pendant entre les cuisses, le dos rond, la tête courbée, les yeux clos. Inspire. Souffle. Inspire.
– Hé ! Le mec vient de t'appeler, le secoua Bastien. C'est à toi !
– C'est à nous, le reprit Neville en se levant lentement.
Il flottait, nauséeux et sans force. Où allait-il trouver l'énergie pour s'écrier : *Moi, vous haïr, madame ?* Il pressa la main de ses partenaires. Tout vient de l'autre, au théâtre comme en amour.
En entrant dans le studio Pierre-Aimé-Touchard, nous avons cherché l'estrade du regard sans la trouver. Il n'y

avait qu'un cercle dessiné à la craie sur le plancher. C'était l'espace où l'on devait jouer, face à une longue table, où s'alignaient les cinq jurés, cinq hommes au visage fermé.

— Neville Fersen ? fit le président de ce tribunal.

— Oui, monsieur.

— Lorenzaccio, Hombourg, Hippolyte, Caligula, énuméra le président comme s'il s'agissait des autres prénoms du candidat.

Il marqua un petit temps d'arrêt. Nous avions reconnu en lui un réalisateur de cinéma assez à la mode.

— Plutôt classique, votre choix, dit-il. Vous n'êtes pas intéressé par le théâtre contemporain ?

— Je n'en ai pas lu, répondit Neville de sa voix brève.

— Ces jeunes gens sont formidables ! fit semblant de s'extasier le président. Ils assument leur ignorance sans fausse honte. Eh bien, monsieur qui ignorez superbement vos contemporains, voyons ce que vous donnez dans *Lorenzaccio*.

Nous étions tous les trois sur une même ligne et une même secousse traversa nos trois corps. Il était rare que le président impose la première scène au candidat.

Chloé alla s'asseoir sur le côté. Bastien et Neville se retirèrent derrière le paravent.

— On commence à « tu me fais horreur », chuchota Neville, prenant le parti d'abréger la scène.

Il s'aperçut en s'adressant à son partenaire que celui-ci était en train de paniquer. Bastien se sentait soudain responsable des espérances de Neville, de son avenir peut-être.

— Inspire, souffle, murmura Neville. Let's go.

Ils s'avancèrent côte à côte.

PHILIPPE : Tu me fais horreur. Comment le cœur peut-il rester grand avec des mains pareilles ?

Ce n'était pas le texte ! Bastien aurait dû dire : « avec des mains comme les tiennes ». Neville, exaspéré, l'agrippa par la manche.

LORENZO : Viens, rentrons à ton palais, et tâchons de délivrer tes enfants.

Que se passa-t-il ensuite ? Neville n'en sut jamais rien. Les répliques s'enchaînèrent, puis vint la fameuse apostrophe *Mais j'aime le vin, le jeu et les filles, comprends-tu cela ?* Sans doute Neville se tourna-t-il vers le public, c'est-à-dire ce jury de constipés, en s'offrant à lui dans ce mouvement du corps qu'il avait déjà répété cinquante fois ? Il n'avait plus conscience de lui-même, il ne maîtrisait rien.

LORENZO : Dans deux jours les hommes comparaîtront devant le tribunal de MA volonté.

À sa façon de prononcer les derniers mots de sa tirade, Neville parut braver ses juges. Qui restèrent silencieux. Puis :

— Merci monsieur, dit le président, le ton glacial. Ce sera tout.

Neville sortit, encadré de Bastien et de Chloé. Il fit quelques pas dans la rue du Conservatoire, eut une sorte de hoquet et enfonça les dents dans son poing serré pour s'interdire de sangloter.

— Ce type, je le hais, fit-il dans une sorte de râle.

— C'est un con, mais ce n'est pas grave, bredouilla Bastien. Ils sont cinq dans le jury. Si les quatre autres te donnent une bonne note...

— Tu as été incroyable, Neville ! s'exclama Chloé, sortant brusquement de ses pensées.

— Incroyable ? Qu'est-ce que tu veux dire, « incroyable » ? fit Neville, éperdu.

— Mais juste ça, incroyable, persista Chloé. Moi, quand j'étais gamine, je pensais qu'il suffirait que je monte sur une scène pour être quelqu'un d'autre. Ça n'a jamais marché ! Mais toi, tout à l'heure, tu ÉTAIS Lorenzaccio.

Neville eut l'air contrarié.

— Ce n'est pas ce que je dois faire ! Jeanson dit que...

— Mais laisse tomber ce que dit Jeanson, s'impatienta Bastien. Le jury, il t'a kiffé. C'est ça qui compte.

Un de nos portables se mit à crachouiller.

— C'est le tien, Neville, lui signala Chloé. À tous les coups, c'est Jeanson.

En effet, c'était lui.

— Alors... Hippolyte ?

— Non, Lorenzaccio.

— Ah, merde !

Jeanson se reprit.

— Ça s'est bien passé ? Tu as joué une deuxième scène ?

– Non. Une seule. Mais Bastien aussi.
– Et qu'est-ce qu'ils ont dit ?
– Pour Bastien, ils…
– Mais pas pour Bastien, pour toi ! s'énerva Jeanson.
– « Ce sera tout, merci. »
Chloé avait suivi la conversation, collée contre Neville. Elle protesta.
– Arrête de paniquer Jeanson… Ça s'est super bien passé ! cria-t-elle pour qu'il l'entende. Il les a scotchés !
– Mais toi, toi, Neville, insista Jeanson, comment tu t'es senti ?
– Je ne sais pas… J'étais à fond dedans.
– À fond dedans ? répéta Jeanson, perplexe.
Il dut se contenter de cette expression, le portable de Neville venant de rendre l'âme.

La crainte de rater notre train de retour nous fit arriver à la gare avec une demi-heure d'avance. Assis sur nos sacs à dos, nous avons patienté en nous racontant ce que nous venions de vivre et de ressentir.
Soudain, Bastien s'arrêta au milieu d'une imitation très réussie du prétentieux président du jury 3 et resta la bouche entrouverte et les yeux écarquillés, ainsi qu'on apprend à mimer la stupéfaction.
– Qu'est-ce qui t'arrive ? demanda Chloé en regardant dans la même direction que lui. Oh ! Madame Delvac ?
C'était en effet la sœur de monsieur Jeanson qui se

dirigeait vers nous, toujours avec son air de grande bourgeoise parisienne.

– Je me doutais que vous prendriez le 18 h 27, nous dit-elle comme si cela expliquait sa présence sur ce quai de gare. Comment cela s'est-il passé ?

– Pas trop mal, répondit Bastien.

Madame Delvac se tourna vers Neville et, toujours de son ton mondain, demanda à lui parler un instant en particulier.

– Non, répliqua-t-il grossièrement.

– Je vous assure que c'est indispensable, fit madame Delvac en l'invitant à la suivre d'un geste de la main.

Au grand étonnement de Bastien et de Chloé, ils s'éloignèrent vers le kiosque à journaux.

– Mais c'est quoi, cette histoire ? marmonna Chloé.

Madame Delvac et Neville s'étaient arrêtés un peu plus loin et échangeaient quelques phrases qui n'étaient sans doute pas des amabilités.

– Oh, putain, gémit Bastien, tu vois ce que je vois ?

– Mais quoi ?

– Tu n'as pas vu qu'il sortait un truc de sa poche pour le rendre à madame Delvac ? Il est vraiment ouf. Voler la sœur de Jeanson !

Bastien et Chloé n'eurent pas à questionner Neville pour qu'il admette tranquillement, une fois dans le train, qu'il avait pris une bague qui traînait dans une coupelle de la salle de bains.

– Je ne pensais pas que ce vieux chameau s'en apercevrait, dit-il avec un rire grinçant. Pétée de tunes comme elle l'est... Une bague de plus ou de moins !

Bastien et Chloé avaient beau être habitués aux petites particularités de Neville, ils étaient choqués. Pendant dix minutes et sans pouvoir parler, ils regardèrent par la fenêtre du compartiment un paysage ferroviaire qui n'avait rien de séduisant.

18

Tu y es presque, tu dois y arriver.
Si tu n'y arrives pas, tu me décevras beaucoup.

Comme elle n'écoutait pas ce qu'on lui disait, Magali Fersen n'avait rien compris aux modalités du concours que passait son fils.

– Alors, lui demanda-t-elle le mardi matin au petit déjeuner, tu as réussi ?

– Je n'en sais rien, maman. J'aurai les résultats lundi prochain.

– Et alors, tu sauras si tu as gagné ? reprit Magali, qui confondait le concours du Conservatoire avec la Star Academy.

– Non, maman. Sur 1 300 candidats, il en restera 200. Si j'en fais partie, j'irai au deuxième tour.

– Et là, si tu gagnes, tu…

– Non, maman. C'est encore une sélection. Sur les 200, ils en gardent 60. Et il y a un troisième tour qui…

– Oh, là, là, je comprends rien à tous ces tours, l'interrompit Magali. Mais enfin, qu'est-ce que tu vas gagner avec tout ça ?

– Rien, fit Neville, sentant venir le découragement. C'est pour être élève au Conservatoire de Paris.

– Mais ce n'est pas possible, Neville ! se récria Magali, comprenant enfin les implications. On n'a pas l'argent pour ça !

– Monsieur Jeanson m'aidera pour le logement, marmonna Neville.

– Et moi ? s'exclama Magali sur un ton de petite fille perdue.

– Mais toi… tu as ta vie ici. Je viendrai tous les week-ends.

– Et la nuit ? Si j'ai une crise… déjà cette nuit j'ai failli appeler le SAMU et de toute façon on n'a pas l'argent pour des longues études en plus qu'à Paris la vie ça coûte bonbon moi avec mes ménages je pourrai pas te payer ça, c'est bien pour tes amis là qui ont des parents riches…

– Maman, tais-toi, la supplia Neville en joignant les mains.

– Je suis usée m'a dit le docteur usée à mon âge ça fait mal d'entendre ça le climat de Paris la pollution tout ça pour moi ça ne vaut rien et toi aussi tu tiens de moi ça va te rendre malade…

Neville quitta brusquement la cuisine puis l'appartement. Il savait tout ce que sa mère venait de lui dire. Bastien et Chloé avaient des moyens financiers, pas lui. Et pour rendre sa situation encore plus désespérée, il s'était grillé auprès de madame Delvac en faisant ce geste stupide. Incompréhensible, même pour lui. Il avait vu des bagues, mêlées à des bracelets, dans une jolie coupe en porcelaine. Il avait choisi le bijou qui lui paraissait avoir le plus de valeur, un rubis entouré de petits diamants, avec une monture ancienne. Madame Delvac lui avait dit à la gare que c'était un bijou de famille, un souvenir de sa mère.

– Vous aviez bien choisi, lui avait-elle dit de sa voix perlée, en remettant la bague dans son sac à main.

Il n'avait pourtant pas eu l'intention de la revendre. Il l'avait volée parce que cette femme était riche et que Jeanson était pauvre. Oui, c'était cela. Il avait voulu venger Jeanson. Cela n'avait aucun sens, mais c'était bien l'explication. Il décida d'aller trouver son maître et de tout lui avouer.

Quand Neville sonna chez Jeanson, celui-ci était en train de téléphoner.

– Alors, ça ne te dérange pas trop d'aller au Cons' lundi ? dit-il en faisant signe à Neville d'entrer. Tu serais gentille de m'appeler dès que tu as les résultats.

Neville eut un frisson d'horreur. C'était elle, cette vieille toupie ! Elle allait le dénoncer avant qu'il ait eu le temps de se confier.

– S'ils sont reçus ? dit encore Jeanson. Eh bien, ils doivent revenir à Paris et (...) C'est parfait si tu peux les accueillir une deuxième fois. Neville est justement en face de moi.

Jeanson lui fit savoir que madame Delvac lui transmettait ses amitiés.
— Ah ? fit Neville, pris de court.
La vieille toupie n'avait donc pas l'intention de cafter.

Et ce fut elle qui, le lundi suivant, à 10 heures du matin, alla consulter les panneaux où étaient affichés les noms des candidats admissibles au premier tour. Jury 2 : Vion Bastien. C'était le dernier nom. Jury 3 : Fersen Neville.
— Les deux sont reçus ? Ils sont reçus tous les deux ? répéta Jeanson.
Il était heureux, mais ne pouvait pas tout à fait nous cacher sa surprise. Neville, oui. Mais Bastien ?
— Les choses sérieuses vont commencer, prévint-il. Au premier tour, on se débarrasse des amateurs et des filles à papa. Ceux qui restent en lice sont nettement plus motivés !
L'épreuve n'était pas différente. Le candidat devait jouer deux scènes de son choix, qui pouvaient être celles du premier tour. Le jury était composé d'une dizaine de personnalités du spectacle et de professeurs du Conservatoire. Nous avions encore trois semaines pour nous préparer. Trois semaines à répéter les mêmes mots, à refaire les mêmes gestes. Mais comme disait Jeanson :
— Au théâtre comme en amour, « tu peux m'ouvrir cent fois les bras, c'est toujours la première fois ».
Pourtant, pendant ces trois semaines, il ne nous donna

plus de cours particulier, prétextant un surcroît de travail à son conservatoire.

Le lundi 16 avril, nous avons repris le train pour Paris, un peu gênés de nous retrouver chez madame Delvac après ce qui s'était passé. Elle nous reçut avec la même suavité d'humeur.

Elle appelait Bastien et Chloé par leur prénom, mais disait « monsieur Fersen » à Neville. Du reste, elle pouvait l'appeler comme elle voulait, il ne lui répondait pas. Comme sa grossièreté devenait trop visible, Bastien l'emmena chercher des pizzas.

– Il... il n'est pas toujours comme ça, bredouilla Chloé, restée seule au salon avec madame Delvac. Il n'a pas une vie très facile, voulut-elle plaider.

Madame Delvac lui répondit d'abord par un rire.

– C'est une fripouille, dit-elle ensuite. Mais j'avais une amie anglaise qui connaissait un très joli dicton : « Reformed rakes make the best husbands. »

Chloé haussa les sourcils, sans oser avouer que son niveau d'anglais ne lui permettait pas de comprendre.

– Les fripouilles repenties font les meilleurs maris, lui traduisit madame Delvac.

Toutes deux eurent un rire de complicité féminine.

– Jeanson ne jure que par lui, ajouta madame Delvac. Ce concours, c'est ce qui lui donne la force de tenir.

Le téléphone interrompit la conversation, puis les garçons revinrent, porteurs de pizzas, et Chloé resta avec cette phrase qui lui coupa l'appétit : « Ce concours, c'est ce qui lui donne la force de tenir. » Comment n'avait-elle pas compris plus tôt ? Jeanson, ce vieil homme, ou plutôt cet homme vieilli, au teint cendreux, de plus en plus fatigué, Jeanson était malade.

Après le dîner, Neville fit savoir à ses partenaires qu'il souhaitait dormir seul.
– Je passe à 9 heures demain. Je veux être en forme.
Bastien s'empressa de lui donner raison. À 11 heures, il se retira avec Chloé dans la chambre voisine. Le lit double comportait, outre deux oreillers, un polochon, que Chloé mit en travers.
– C'est Neville, dit-elle en le désignant à Bastien.
– Il a maigri.

Chacun avait donc sa moitié de lit et tous deux s'allongèrent, partiellement dévêtus. Chloé ne se sentit pas la force de garder pour elle ce qu'elle venait de découvrir au sujet de Jeanson.
– Malade ? répéta Bastien après elle.
Il resta songeur un moment.
– Oui, ça expliquerait pas mal de choses.
– … qu'il ne nous a pas donné de cours ces dernières semaines, par exemple.
– … et qu'il nous fait passer le concours cette année.
Bastien se redressa sur un coude et dévisagea Chloé par-dessus le polochon.
– Tu n'as rien dit à Neville ?
– Non. Je ne vais pas le perturber avec ça.

– Oui, parce que Jeanson, c'est son Dieu.

Bastien se recoucha à plat dos. Quelques secondes plus tard, Chloé l'entendit ricaner.

– Qu'est-ce que tu as ?

– Rien. Je vais me faire casser par Neville quand il saura le coup du polochon.

– Ah, d'accord... C'était un plan entre vous deux ?

– Oui. Il me laissait la place pour cette nuit.

– Super, fit Chloé, le ton pincé.

– Ne te vexe pas. Je voulais juste avoir une occasion de te dire que je t'aime, que ce ne soit pas Arlequin ou Neville qui le dise pour moi. Je t'aime et pour la vie, et c'est vraiment sérieux. Et si j'ai des enfants, je veux qu'ils aient tes yeux... Putain, je parle en alexandrins !

Derrière ses paupières fermées, Chloé se représenta le visage de Bastien, son regard sans complication, ses rondeurs d'enfance et ses taches de son, le visage de celui qu'elle aimerait... peut-être.

– On va attendre que tout ça soit terminé, dit-elle. Ce concours. Et puis je te répondrai.

– Ça me va, dit Bastien, ravalant sa déception.

Le lendemain matin, à 8 heures, alors que nous nous apprêtions à partir pour le Conservatoire, madame Delvac, en robe de chambre, nous rejoignit dans le vestibule.

– Je viens d'avoir Jeanson au téléphone, nous dit-elle. Il pense bien à vous... Monsieur Fersen, vous ne devriez pas fermer votre col de chemise, il vous étrangle.

– Mais de quoi elle se mêle ? fit Neville entre ses dents.

Toutefois, dans l'escalier, il déboutonna le haut de sa chemise. Il était dans un tel état de stress que Bastien et Chloé préférèrent ne pas lui adresser la parole pendant tout le trajet.

Le Conservatoire de Paris cache en son sein deux trésors, dont l'un est la salle Louis-Jouvet, une très ancienne bibliothèque reconvertie en théâtre, tout en boiserie du sol au plafond. Les candidats du deuxième tour y font leur entrée par une porte à double battant, haute comme un portail d'église, et se retrouvent directement sous les projecteurs face à des gradins. C'est là que siège le jury, éclairé par quelques loupiotes.

Cette année-là, le président du jury, qui était un metteur en scène d'avant-garde, avait une théorie qu'il entendait démontrer aux autres jurés. Il prétendait que la présence sur scène d'un comédien pouvait s'évaluer à sa manière de lire à voix haute l'annuaire téléphonique. En conséquence, Neville, qui se préparait mentalement à dire des alexandrins, fut prié de prendre l'annuaire téléphonique du Loiret, que lui tendait l'appariteur, et d'en commencer la lecture en l'ouvrant au hasard.

– Robert Pierre 2 rue du Colombier 02 38, etc.

Neville, n'étant pas un lecteur très entraîné, buta sur un certain Ropovietski Athanase, mais sa voix resta chaude, pleine, virile, et ce curieux exercice lui calma les nerfs.

Le président lui demanda ensuite de jouer Lorenzaccio,

ce qu'il fit, mais, l'heure tournant, Hippolyte passa de nouveau à la trappe !

Dès qu'il se retrouva rue du Conservatoire, Neville, qui aurait voulu déverser sa frustration sur monsieur Jeanson, tomba sur un répondeur téléphonique. Bastien, dont l'audition avait lieu à 14 heures, emprunta Les Pages jaunes dans un café, et en fit la lecture avec toutes sortes d'accents grotesques qui libérèrent le rire de Neville.

Quand Bastien fut à son tour sur la scène de la salle Louis-Jouvet, le président du jury, s'étant lassé de son expérimentation, lui demanda d'emblée d'interpréter Arlequin. C'était le meilleur rôle de Bastien, et Neville, assis au bas des gradins, s'apprêtait à passer un bon moment. Il s'aperçut très vite que Bastien manquait d'allant et le résultat immédiat fut que Chloé se mit à jouer faux.

– Merde, marmonna Neville en se mordillant les doigts.

L'ensemble ne fut pas mauvais mais, à ce niveau de la compétition, ce n'était plus suffisant. Le président voulut sans doute donner une seconde chance à Bastien et lui demanda d'interpréter le monologue d'Harpagon. Bastien glissa les mains dans les poches arrière de son jean et répondit sur un ton de totale décontraction.

– Je vais plutôt vous donner *Le Fils de l'épicerie*. C'est un autre monologue.

– Ah ? fit le président, qui aimait surprendre les autres, mais n'aimait pas être surpris. Et c'est de qui ?

– De moi.

Profitant de la stupeur occasionnée, Bastien se lança

dans son fameux sketch, qu'il avait récemment amélioré. Neville, mort de honte, cacha son visage derrière ses mains. Bastien obtint quelques rires, essentiellement féminins, mais il fut assez vite interrompu par le président, dont le ton indiquait qu'il n'appréciait ni l'improvisation ni la gouaille du candidat. Dans la rue, Neville sauta presque à la gorge de Bastien.

– Mais tu es fou ! Pourquoi tu as fait ça ?

– Just for fun, comme tu dirais, répliqua l'autre en riant.

– Tu t'es sabordé, lui fit remarquer Chloé.

– Exactement. C'est mieux que de se faire lourder.

Mais Neville prenait la chose au tragique, il se sentait trahi.

– Arrête avec tes grands mots, le rembarra Bastien. Je n'ai pas le niveau, je ne l'ai jamais eu, demande à Jeanson ce qu'il en pense.

Chloé comprit que Bastien n'avait pas été la dupe de Jeanson. Optimiste et confiant, oui, il l'était, mais pas naïf.

Pendant le trajet en train, en dépit des efforts de Bastien pour le dérider, Neville resta maussade. Il boudait. Les yeux de Chloé se dessillaient. Des deux garçons, celui qui était enfantin, c'était Neville.

De retour chez lui en fin d'après-midi, Neville eut un nouvel accès de découragement. Sa mère, qui avait essayé de le joindre sur son portable, lui avait laissé un mot à l'écriture chaotique sur la table de la cuisine : « Crise d'asthme j'ai apellé le SAMU cette fois je croie que je vais y passée.» Il jeta son sac à dos par terre et partit à l'hôpital, où le médecin des urgences le rassura. Madame Fersen s'était affolée, la situation était sous contrôle.

Les deux jours suivants, Neville s'enferma dans sa chambre, fumant des joints, récitant du Rimbaud. Il eut des crises de larmes, envoya promener Bastien et Chloé. À Jeanson, qui s'inquiétait de lui au téléphone, il répondit qu'il avait attrapé la grippe.

– Fais attention à tes cordes vocales. Du thé chaud, miel et citron, lui recommanda le pauvre monsieur Jeanson, qui ne se doutait pas que Neville avait décidé de tout lâcher. C'est demain, les résultats. Je t'appelle dès que je les ai.

– Oui, merci, bougonna Neville.

Madame Delvac se pointa à 9 heures au Conservatoire. Pas de Vion Bastien sur la dernière ligne du tableau d'affichage. Diane était reçue. Et Neville.

– Je le savais ! Je savais que tu en étais capable ! s'enthousiasma monsieur Jeanson, toujours au téléphone. Le troisième tour est vraiment à ta portée.

Le silence de Neville l'intrigua.

– Tu as toujours mal à la gorge ?

– Non.

Jeanson comprit que quelque chose clochait.

– Qu'est-ce qu'il y a ? Tu paniques dans la dernière ligne droite ?

– Non. Je n'ai plus envie.

– Qu'est-ce que tu racontes ?
– D'abord Chloé a lâché. Et puis Bastien. On devait s'aider tous les trois. Et maintenant, je me retrouve tout seul.
– Mais ils vont t'accompagner à Paris. Ils veulent que tu réussisses, ils le veulent autant que moi.

Neville, plein d'amertume, déballa tout, sa mère malade qui avait besoin de lui, l'argent qui manquait, même pour la nourriture, ces études trop longues, ce Paris, fait pour les riches.

– Écoute-moi, écoute-moi, essaya de le calmer Jeanson, j'avais plus ou moins deviné tout ça. Mais je ne vais pas te laisser gâcher ta vie comme j'ai gâché la mienne.

Jeanson n'entendit plus que le souffle haché de Neville.
– Tu m'écoutes ?
– Oui.

Jeanson n'avait jamais raconté cette histoire, son histoire, à personne.

Il était le fils d'une madame Jeanson qui, devenue veuve à vingt-huit ans, s'était assez vite remariée avec un homme nettement plus âgé qu'elle. De cet homme, elle avait eu trois filles, dont Jeanson était devenu le grand frère. Il commençait à mener une carrière d'acteur dans un théâtre parisien sous le seul nom de Jeanson quand son beau-père mourut, laissant une femme incapable de faire face à la situation. Du jour au lendemain, Jeanson avait tout pris en charge, sa mère et ses trois demi-sœurs. Pour assurer un revenu régulier, il était devenu enseignant d'art dramatique dans un cours particulier, puis au conservatoire de sa ville, et il avait laissé passer sa chance. Celle de devenir un grand comédien. Il s'était consolé en pariant sur le talent de l'aînée de ses demi-sœurs, Aurélie. À onze ans, elle peignait déjà assez joliment, des paysages surtout, comme ces aquarelles qu'il avait accrochées dans son salon. Il lui avait payé des cours, l'avait encouragée à préparer les Beaux-Arts de Paris. Et un jour, elle lui avait annoncé qu'elle abandonnait. Elle avait rencontré l'homme de sa vie. Il était riche. Aurélie était devenue madame Delvac, laissant à son frère comme dernier souvenir cette peinture à l'huile, inachevée, qui représentait un pont suspendu.

— C'est bien gentil, le dévouement, conclut Jeanson. Mais il s'y mêle parfois de la lâcheté. J'avais peur d'échouer.

Et c'était ainsi que, ayant renoncé à faire carrière à Paris, il était devenu monsieur Jeanson, estimable professeur d'un conservatoire de province.

— Alors, dit-il à Neville, tu as toujours la grippe ?
— Non. Ça va mieux.

Le troisième tour différait en ceci des deux autres qu'on y jouait une seule scène, choisie par le candidat. Donc, Neville serait enfin Hippolyte. Jeanson y tenait d'autant plus qu'il se doutait que, sur les soixante candidats survivants, bien peu — et peut-être aucun — se risqueraient dans une pièce en alexandrins. Comme l'audition durait cinq minutes, Neville et Chloé devaient préparer toute la scène, et non plus seulement un extrait, ce qui signifiait pour Neville quarante alexandrins supplémentaires et seulement quatre pour Chloé. Mais pour Jeanson, il était important que Chloé fût physiquement présente en face de Neville pendant les répétitions. Chloé sécha des cours et commença à descendre dans les profondeurs du classement de sa prépa. Ce n'était pas à elle que Jeanson avait dit : « C'est bien gentil, le dévouement », et il exigeait d'elle, d'ailleurs sans grandes phrases, qu'elle se sacrifiât aux intérêts de Neville. Bastien, désormais sur le banc de touche, soutenait le moral de son camarade presque jour et nuit.

Notre histoire commune s'était comme contractée, réduite à ce seul point à l'horizon, l'audition du lundi 14 mai pour laquelle Neville avait reçu sa convocation.

Pendant les ultimes répétitions à son domicile, Jeanson dirigea ses deux élèves sans se lever de son fauteuil, effondré sur lui-même quand il ne se croyait pas regardé. Mais chaque fois qu'il conseillait Neville, il se redressait.

– Pourquoi vous ne venez pas avec nous ? lui demanda Neville. Je passe à 13 heures, vous seriez de retour pour votre cours de 18 heures.

– C'est vrai, dit Jeanson, faisant semblant d'être tenté. Mais non, je te rajouterais du stress.

Il n'était plus en état de faire ce déplacement.

Une surprise nous attendait le 14 mai, une surprise à laquelle Jeanson avait oublié de nous préparer. Le Conservatoire de Paris cache une seconde merveille en son sein, c'est le lieu où se déroule l'audition du troisième tour. On nous dirigea tout d'abord vers des coulisses encombrées de vieux décors. Il était 12 h 50. L'appariteur qui nous reçut nous fit savoir que la candidate précédente venait juste d'entrer en scène. En nous disant ces mots, il nous désigna un petit téléviseur en hauteur où l'on pouvait suivre la prestation en cours sur de mauvaises images en noir et blanc. On devinait une scène bien plus imposante que l'estrade ou le cercle de craie des salles précédentes.

Neville détourna aussitôt les yeux de l'écran tandis que Bastien et Chloé se mirent à regarder, comme hypnotisés. Il y avait six jeunes comédiens en scène, la candidate et ses partenaires, étrangement costumés, mi-paillettes, mi-haillons. C'était une véritable représentation. Chloé, glacée d'effroi, se souvint de ce qu'avait dit Jeanson : « Au troisième tour, les candidats ne sont pas bons. Ils sont excellents. »

— C'est Diane, lui souffla Bastien à l'oreille.

Les doutes assaillirent de nouveau Chloé. Neville et elle étaient-ils au niveau ? Malgré elle, ses lèvres murmurèrent :

— *De tout ce que j'entends, étonnée et confuse, je crains, je crains presque qu'un songe ne m'abuse.*

— Ça va ? s'inquiéta Bastien à mi-voix.

Les mots s'étaient échappés comme le sang d'une plaie.

— Je crois que je vais m'évanouir.

— Monsieur Fersen, ça va être à vous, signala l'appariteur.

Diane et sa petite troupe venaient de disparaître à l'écran. Nous étions trop émus au moment d'être séparés pour nous dire quoi que ce fût.

Bastien ne put rien faire d'autre qu'adresser à Chloé un sourire navré. Il aurait voulu prendre sa place dans l'épreuve.

– Vous suivez le petit couloir, indiqua l'appariteur à Neville. Vous arrivez directement sur la scène.

Neville attrapa Chloé par la main d'un mouvement brutal qui lui intimait l'ordre : ne sois pas gnangnan. Ils entrèrent ainsi sur la scène où ils firent un pas, deux pas, trois, sur une scène qui n'en finissait pas. Dans l'ombre, par-delà l'éblouissement de la rampe, ils devinèrent la salle d'un théâtre à l'italienne avec son parterre de fauteuils en velours rouge et sa double galerie de loges. Ils en eurent tous deux le souffle coupé. C'était comme si la longue boucle venait de se refermer. *Dom Juan*. Madame Plantié. Leurs 13 ans.

– Avancez, monsieur Fersen, dit une voix ample qui partait de la quatrième rangée.

Le jury était assis là, une quinzaine de personnes, tous professeurs du Conservatoire, et le directeur lui-même qui présidait.

– Venez jusqu'à l'avant-scène... oui, avec votre réplique si vous le souhaitez, reprit le président sur un ton bienveillant. Vous avez déjà fait un long parcours, monsieur Fersen, dont nous vous félicitons. Pour cette dernière épreuve, qu'allez-vous nous donner ? *Lorenzaccio*, je crois ?

– Non. *Phèdre*. Hippolyte.

Quand il ne jouait pas un rôle, Neville ne connaissait que cette seule façon, brève, de parler qui pouvait passer pour mal élevée.

– Très bien, dit le directeur du Conservatoire. Nous vous laissons faire votre entrée.

Neville et Chloé se retirèrent tout au fond de la scène, au débouché des coulisses. Là, ils ôtèrent leurs chaussures sans souffler mot. Neville arracha son tee-shirt comme s'il se dépouillait de lui-même.

– C'est bon ? dit-il.

– Oui.

Ils s'avancèrent vers les feux de la rampe. Neville ouvrit la bouche et un filet de voix en sortit. Il était reparti dans son passé, quand la force de ses émotions l'empêchait de se faire entendre. Il se tut, prit une longue inspiration. La pensée de Jeanson le traversa. Tu ne peux pas le décevoir. L'incident dura cinq ou six secondes, ce qui était suffisant pour que le jury le perçût. Puis...

HIPPOLYTE : Madame, avant que de partir,
J'ai cru de votre sort vous devoir avertir.
Mon père ne vit plus.

Dès que ces mots eurent franchi ses lèvres, Neville fut délivré et se mit à parler en alexandrins comme si c'était sa langue depuis le berceau. Chloé elle-même en fut métamorphosée. Il lui arriva ce qui ne lui était jamais arrivé. Être sur scène quelqu'un d'autre. Être Aricie.

– Merci, monsieur Fersen, merci, mademoiselle, dit le

président du jury. Juste une question, que s'est-il passé au tout début de la scène ?

— Un blocage, répondit Neville, toujours aussi expéditif.

Est-ce que ce moment de panique allait lui coûter la victoire ? La quatrième rangée était agitée de mouvements divers. Les jurés se parlaient entre eux à voix basse.

— Ce sera tout, monsieur Fersen.

À peine eut-il mis un pied hors du Conservatoire que Neville voulut appeler Jeanson pour lui demander si un blocage risquait d'être éliminatoire.

— Mais ça s'est à peine senti ! protesta Bastien, qui avait suivi la prestation devant le téléviseur.

— « À peine senti », ricana Neville. C'est le seul truc que le président du jury m'a dit... Shit, Jeanson est encore sur répondeur.

Neville fut d'une humeur détestable pendant tout le trajet de retour jusqu'à la gare. Il en voulait à Jeanson qui n'était jamais joignable.

— Il savait à quelle heure je passais !

Il lui en voulait aussi de ne pas l'avoir prévenu que l'audition du troisième tour se déroulait dans un endroit aussi impressionnant.

— Ça m'a tué !

Il ajouta que le directeur l'avait cassé — ce qui n'était pas vrai. Et que Jeanson n'aurait jamais dû l'envoyer se ridiculiser dans ce concours, qu'il aurait pu faire l'effort de monter à Paris pour le dernier tour, que...

— Tu arrêtes de nous prendre la tête ? explosa Chloé, qui songeait à l'état d'épuisement dans lequel Jeanson se trouvait.

— Je peux me passer sous le métro si je te dérange, répliqua Neville, plus mélodramatique que jamais.

— Mais c'est fini, ta crise de diva ? s'impatienta Bastien. Tu ne comprends pas que tu nous soûles, que tu soûles tout le monde, que tu soûles Jeanson ?

De temps en temps, Bastien et Chloé parvenaient à clouer le bec à leur camarade. Ce fut le cas.

Sur le quai de la gare, une dernière émotion nous attendait. Madame Delvac était là.

— Je pensais bien que vous prendriez le 14 h 27, nous dit-elle. Bonjour, monsieur Fersen.

Il lui répondit par un regard hostile.

— C'est Jeanson qui m'a demandé de vous retrouver à la gare, nous expliqua-t-elle. Il aurait voulu vous accompagner aujourd'hui à Paris. Mais l'intervention ne pouvait plus attendre.

— Quelle intervention ? demanda Neville, daignant sortir de son mutisme.

— Vous n'êtes pas au courant ? s'étonna madame Delvac. Ah... je croyais. Il est opéré cet après-midi.

— Opéré ? Mais non ! s'écria Neville comme s'il lui suffisait de nier la chose pour qu'elle n'existât pas.

— Je regrette de vous l'apprendre comme ça, reprit madame Delvac, s'adressant uniquement à Neville. C'est une opération délicate, un triple pontage. Jeanson a eu tort de la repousser deux fois. Il voulait vous accompagner jusqu'au bout. Là, le chirurgien ne lui a pas laissé le choix de la date.

Le désespoir de Neville était si béant qu'il faisait peine à voir. Chloé se souvint de la façon dont il avait dit sur scène : *Mon père ne vit plus.*

— Il ne va pas... il ne va pas, balbutia-t-il.

— Il va s'en sortir, il a tellement... tellement envie d'apprendre que vous avez réussi, lui répondit madame Delvac qui, oubliant sa dignité bourgeoise et son maquillage, laissa couler une larme.

Elle ouvrit son sac à main pour y prendre un paquet de mouchoirs et une lettre, qu'elle tendit à Neville.

— Il vous a écrit.

19
Salut final et baisser de rideau

Mon cher Neville,

Je vais penser à toi aujourd'hui jusqu'à ce que je ne puisse plus penser. Tu sais que je ne parle pas facilement de moi. Quand tu liras ces lignes, je serai sur la table d'opération. Madame Delvac te donnera de mes nouvelles. Je ne veux pas te voir à mon chevet. Je souhaite rester pour toi monsieur Jeanson plutôt qu'un pauvre type recroquevillé dans un lit d'hôpital. Si je ne survis pas à l'opération, je veux que tu saches, Neville, que tu m'as donné mes dernières joies de professeur. Je t'ai confié les rôles de Lorenzaccio, Caligula et Hombourg qu'un jeune homme de génie, Gérard Philipe, avait joués avant toi. Hippolyte n'appartient qu'à toi. Il est la preuve que tu seras un grand comédien.

Jeanson

Chacun de nous trois lut et relut cette lettre dans le compartiment du train. Puis nous sommes restés soudés l'un à l'autre sur la même banquette, et la main dans la main.

Chloé ne se pressa pas de rentrer chez elle, elle prit un verre au Barillet avec Neville et Bastien.

Quel que fût le résultat du concours, quelque chose se finissait de notre aventure commune.

Pour la première fois, et sans doute la dernière, Chloé avait senti s'opérer en elle la mystérieuse métamorphose de sa personne en un personnage. Pendant quelques instants, elle avait aimé Neville comme Aricie aime Hippolyte. À la sortie du café, sans le moindre souci du qu'en-dira-t-on, elle embrassa ses partenaires, comme il est dit dans *Le Bal des voleurs*, « longuement ».

À la maison, ses parents l'attendaient.

– Tu veux nous expliquer ce que c'est que ça ? lui demanda monsieur Lacouture en lui tendant une feuille de papier.

Relevé d'absences
M. Lacouture Frédéric
J'ai l'honneur de vous informer que votre enfant Lacouture Chloé, élève de la classe de LSUP2, a été absente…

Suivait une série de dates qui correspondaient aux dernières répétitions chez Jeanson.

– Mais de quoi ils se mêlent ? fit Chloé, imitant le ton rogue de Neville. Je suis majeure !

Bastien revint chez lui, la tête en vrac. Il aimait Chloé, mais la voir dans les bras de Neville lui procurait autant de plaisir que de la tenir dans les siens. Neville était un ami d'une espèce particulière, plus un personnage qu'une personne. Bastien, oubliant ses intérêts personnels, s'identifiait à lui. Il ne pouvait pousser l'introspection plus loin. Il haussa une épaule. Lui et Neville, c'était comme ça.

Après s'être séparé de ses partenaires, Neville était retourné à l'intérieur du café pour voler une plaquette de chewing-gums, dont il n'avait aucune envie. Il voulait juste voler. Il resta un moment indécis devant le comptoir et finalement attrapa une boîte de Tic-Tac, qui l'obligeait à allonger le bras de façon très visible. Mais à l'instant où il fit ce geste, le patron du café, interpellé par un habitué, lui tourna le dos. Seule une jeune serveuse le vit empocher la boîte. Il lui sourit et elle lui répondit par un rictus, estomaquée par tant d'aplomb.

Quittant le Barillet, Neville alla sur les quais où il s'installa sur une marche pour boire une bière à même la canette tout en fumant un joint. Deux activités délictueuses qui n'allaient pas manquer d'être sanctionnées par les deux policiers municipaux qu'il vit venir à lui. La nuit tombait, c'était leur première ronde, et un des deux policiers jeta un regard inquisiteur à Neville.

— Bonsoir, dit celui-ci, le ton tranquille.

— Bonsoir, marmonna le policier en passant son chemin.

La provocation ne menait à rien. Neville décida d'aller plus loin. Il dîna dans une pizzeria du centre-ville, lasagnes al forno, sorbet au citron, espresso pour terminer. Grand seigneur, il laissa un euro de pourboire sur la table, salua poliment le serveur qui portait une pizza dans chaque main et sortit sans payer. Il s'éloigna au pas du promeneur qui digère et personne ne courut après lui.

– Mais où tu étais tu m'avais dit que tu rentrais dans l'après-midi et tu as vu l'heure ?

Magali s'était jetée sur lui et le palpait comme pour s'assurer qu'il était vivant et en un seul morceau.

– Je croyais que tu serais aux urgences, répondit-il, se rendant compte qu'il avait tout fait pour ne pas rentrer chez lui.

– Mais non mais toi pourquoi tu ne m'as pas appelée tu sais bien que je suis toujours inquiète et c'est ça qui me déclenche mes crises d'asthme surtout avec le temps qu'il…

– Le train a heurté un chameau.

Le chameau arrêta net le flot de paroles.

– Hein ?

– Un chameau. Échappé d'un cirque. On est restés quatre heures bloqués sur la voie.

Magali regardait son fils, sidérée. Donc muette.

– Je voulais t'appeler, reprit Neville. Mais au moment du choc avec le chameau, je tenais mon téléphone. Il m'a sauté de la main et il s'est écrasé au sol.

Là-dessus, il partit dans sa chambre, soupira pour lui-même : « N'importe quoi », puis sortit de sa poche de jean la lettre de Jeanson. *Mon cher Neville, je vais penser à toi aujourd'hui jusqu'à ce que je ne puisse plus penser.*

Allongé sur son lit, il se récita la lettre en remuant silencieusement les lèvres. Quand il la sut par cœur, il se redressa, prit un briquet dans la poche de son manteau et la brûla. Il agissait par impulsions successives. Tu penses un truc, tu le fais. Il fit cette nuit-là les plus hideux cauchemars.

— Monsieur Fersen, j'espère que je ne vous réveille pas ?

C'était madame Delvac au téléphone. Il était 10 heures du matin.

— Je voulais vous dire que l'opération s'est bien passée. Jeanson est en réanimation. On ne peut pas encore le voir... Vous allez recevoir une lettre du Conservatoire dans quelques jours. Est-ce que vous pourrez me téléphoner le résultat ?

— Je vous appelle si je suis reçu. Autrement, je me noie.

— Je sais que vous avez l'étoffe d'un tragédien. Mais tout de même, n'exagérez pas.

— Vous croyez que j'exagère ?

Il coupa la communication.

N'arrivant pas à joindre Neville, Bastien passa chez lui dans l'après-midi. Il croisa madame Fersen qui partait faire ses ménages.

– Neville est là ?

– Oui, répondit Magali, l'air soucieux. Il se remet de ses émotions.

– C'est vrai que c'était assez stressant.

– Mais je n'ai pas entendu parler du chameau sur France Info.

Bastien eut un léger sursaut d'étonnement.

– Chameau ?

– … qui a heurté votre train au retour.

– Ah oui ?… Ah oui ! se reprit très vite Bastien. Le chameau. Mais vous savez, ces trucs-là, la SNCF ne s'en vante pas.

Ne se sentant pas de taille à broder sur les délires de Neville, il s'esquiva.

– Tu pourrais me prévenir quand tu racontes des craques à ta mère, dit-il en refermant la porte de la chambre derrière lui.

Neville, toujours allongé sur son lit, lui répondit par un rire sinistre.

– Tu as des nouvelles de Jeanson ?

– En réa.

– Tu devrais garder ton téléphone allumé, lui conseilla Bastien.

Neville se redressa brusquement sur son séant en attrapant son portable, qu'il balança sur le mur d'en face.

– Le chameau l'a cassé, fit-il en se laissant de nouveau aller sur ses oreillers.

– Tu sais que tu devrais te faire soigner ? lui dit Bastien en toute sincérité. Oh... Je ne t'ai pas raconté le coup du polochon.

— Quoi est-ce ?

— Ma nuit avec Chloé.

— Allonge-toi près de moi, Schéhérazade, charme-moi de ton histoire.

En règle générale, Bastien se méfiait de ce genre d'invite. Mais là, les bras mous, les traits défaits, Neville semblait désactivé.

Les jours qui suivirent, ce fut Bastien qui appela madame Delvac pour avoir des nouvelles de Jeanson. Elle fut autorisée à le voir le vendredi 17. Il était sous assistance respiratoire mais conscient de ce qu'on lui disait. Il avait une petite ardoise sur laquelle il lui écrivit : *Et Neville ?*

— Gardez cela pour vous, dit-elle à Bastien. Monsieur Fersen a déjà trop de pression sur les épaules.

La recommandation était inutile. Bastien veillait sur Neville tandis que l'échéance se rapprochait. En fin d'après-midi, tous deux retrouvaient Chloé au Barillet. Pour tâcher de les distraire, elle leur donnait des nouvelles de sa prépa, par exemple qu'elle avait appris à son dernier devoir, noté 5,5, qu'elle était « perdue pour la géographie » ou bien qu'elle faisait « preuve de malhonnêteté intellectuelle » (souligné en rouge), d'après sa prof de philosophie.

— Et si je les provoquais en duel ? lui proposa Bastien, qui avait encore l'épée de Cyrano dans son sac de sport.

— Et si on se suicidait tous les trois ? dit Neville sur le

ton de quelqu'un qui vient de trouver la solution à son problème.

— Et si tu arrêtais le régime cannabis-Kronenbourg ? lui répliqua Bastien.

*
* *

Ce qui devait arriver arriva le lundi 21 mai en début d'après-midi. Chloé, qui séchait un cours d'anglais, était seule dans son appartement en train de commenter la phrase de Montaigne : « Quand je danse, je danse », lorsqu'on sonna à l'interphone.

— Neville.

Elle essaya de deviner à l'intonation puis au bruit de son pas dans l'escalier quelle nouvelle il venait annoncer. Mais il avait dit son nom comme on jette sa carte de visite et à présent il montait sans hâte. Jeanson est mort, pensa Chloé. Puis elle vit apparaître Neville. Il tenait un papier à la main. Sans un mot, il prit Chloé dans ses bras.

— Je t'aime, dit-il.

Puis fiévreusement à son oreille :

— Je suis reçu. J'ai voulu que tu le saches. Toi, d'abord. Aricie.

Il la serra avec emportement.

— Tu es fine comme une brindille. Tu sais, j'ai envie de serrer, de serrer, jusqu'à ce que tu craques... Tu veux ?

— Mais quoi ? dit-elle, se débattant un peu.

— Être à moi.

En la quittant, Neville savait qu'il lui restait une dernière chose à faire, un dernier interdit à braver. Il se rendit à l'hôpital de la Madeleine, dont il connaissait le service des urgences. Mais il ne venait pas retrouver sa mère.

– Monsieur Jeanson, s'il vous plaît ?

Il savait par Bastien que son professeur était désormais dans une chambre particulière. La 412, lui dit-on aux renseignements. Neville s'y faufila sans même frapper à la porte. Jeanson était bien « un pauvre type recroquevillé dans un lit d'hôpital », comme il s'était lui-même décrit. Les yeux clos, la peau grise et collée à ses os, un masque à oxygène attaché par deux élastiques derrière ses oreilles, il avait la main posée sur une ardoise blanche. Tout doucement, Neville la tira vers lui, il prit le feutre noir sur la table de chevet et écrivit : « Je suis reçu. » Un gémissement de douleur lui fit lever les yeux, Jeanson ouvrait les siens. Neville s'empressa de cacher son visage derrière l'ardoise puis l'abaissa lentement.

– Vous avez compris ?

Jeanson fit un léger clin d'yeux. Une infirmière entra alors dans la chambre, poussant devant elle un chariot.

– C'est l'heure des soins, dit-elle, je vais vous demander de sortir.

Neville se tourna vers elle et elle s'écria :

– Oh ! C'est vous, le jeune homme ?

LE jeune homme, comme s'il n'y en avait qu'un. Celui dont Jeanson, recroquevillé dans son lit d'hôpital, avait tout de même espéré la venue.

*
* *

Le lendemain de ce jour mémorable, Bastien estima qu'il devait reprendre la conversation que Chloé avait reportée. Il passa la chercher à la sortie de son bahut et lui demanda de faire quelques pas au parc tout proche avant de rejoindre Neville au Barillet.

C'était une fin d'après-midi ensoleillée, les parterres de fleurs éclataient de couleurs, les oiseaux menaient un tapage étourdissant, et Chloé, sans trop savoir pourquoi, pensait à la chèvre de monsieur Seguin. Soudain, elle entendit la voix de Bastien à son côté, qui récitait sur un ton volontairement faux.

— *Je vous aime comme un perdu et vous verrez bien dans votre miroir que cela est juste.*

— *Quel insatiable ! Eh bien, monsieur, je vous aime,* répondit Chloé en prenant son ton gnangnan.

Ils s'assirent sur un banc, le genou de l'un sur la cuisse de l'autre, la main de l'une sur l'épaule de l'autre.

— En fait, je ne sais même pas quoi te dire, remarqua Bastien. Tu sais déjà tout de moi. Et tu sais que je t'aime.

Du bout des doigts, il se mit à jouer avec le petit bracelet que Chloé portait au poignet droit.

— Ce que je ne sais pas, c'est si tu m'aimes, toi... En vrai.

Il attendit une réponse et l'entendit murmurer :

— Neville.

— Ah, soupira-t-il, le polochon.

– Non, ce n'est pas ça. C'est quelque chose que je dois te dire.

Elle ne pouvait pas bâtir leur relation sur un secret. Elle devait donc lui raconter ce qui s'était passé la veille entre Neville et elle, au risque d'y perdre son amour.

– Tu sais, hier après-midi, Neville est venu m'annoncer qu'il était reçu...

– Oui, il me l'a dit.

– Il te l'a dit ? Il t'a dit aussi que j'étais seule dans l'appartement ?

– Non.

– Eh bien, j'étais seule dans l'appartement...

– Ah ?... Oooh...

Chloé fut étonnée de la rapidité avec laquelle il parut avoir compris.

– Est-ce que tu es... (Elle ne sut que choisir : vexé, fâché, jaloux ?) Tu m'en veux ?

– Hein ?

Il la regarda comme si elle était loin de lui, puis secoua la tête pour se remettre les idées en place.

– Non, non, je ne t'en veux pas. Pas à toi.

– Tu en veux à Neville ?

– Oui. Non. Il faut que je te dise un truc... En fait, c'est le même truc.

Elle lui sourit sans comprendre, ce qui lui donna un air un peu niais.

– Parce que Neville... tu sais... la lettre, bredouilla-t-il. Il l'a reçue le matin.

— Oui ?

— Et il est venu me la montrer. Le matin.

Chloé se souvint que Neville avait prétendu qu'elle était la première personne à laquelle il annonçait la nouvelle. Il lui avait donc menti.

— J'étais seul dans l'appartement, dit Bastien, reprenant volontairement la phrase de Chloé.

Elle plissa les yeux, commençant à entrevoir ce qui avait pu se passer. Sans y croire tout à fait. Bastien haussa une épaule, espérant s'en tirer comme ça. Il ajouta tout de même :

— Est-ce que tu es... (Il avait le choix : choquée, stupéfaite, jalouse ?) Tu m'en veux ?

Elle parut hésiter, eut presque envie de rire. De pleurer.

— *Il n'est pas de passion sans cruauté*, murmura Bastien, citant Caligula de mémoire.

— Eh bien, tu sais quoi ? fit Chloé. Caligula va nous attendre au Barillet.

C'est ce jour-là que le concept de nous trois vola en éclats.

Neville resta tout seul devant son demi. Ce dont il fut vexé, fâché, choqué, stupéfait et jaloux.

*
* *

Cinq mois plus tard, Neville intégra le Conservatoire de Paris. Il apprit par un de ses professeurs que, dès sa prestation du premier tour, le bruit avait couru qu'il y avait parmi les candidats un jeune homme débarqué d'un conservatoire de province qui donnait un Lorenzaccio à la fougue et à l'élégance inégalées.

Pendant les trois années de sa formation, Neville fut hébergé et nourri par madame Delvac. Il veilla à ne jamais se montrer reconnaissant, pas même poli. Il accueillait chacun des conseils de son hôtesse par un grommellement, mais les suivait la plupart du temps. Ne voyant plus l'intérêt d'être mis en prison puisqu'il s'était trouvé un père de substitution, Neville perdit l'habitude de voler. Ce fut le seul point sur lequel il s'améliora.

*
* *

Monsieur Jeanson vécut assez longtemps pour assister aux premiers succès de son élève. Il eut la joie, lorsqu'il fut invité à la cérémonie des Molières en compagnie de Magali Fersen, de voir Neville remporter le trophée du meilleur acteur de la saison pour son interprétation virtuose du double rôle des jumeaux, Horace et Frédéric, dans *L'Invitation au château* de Jean Anouilh. Les premiers mots de Neville, monté sur scène sous les applaudissements, furent pour remercier son maître et sa maman. Magali, noyée de larmes, se pencha vers monsieur Jeanson.

— J'étais tellement paumée quand je me suis retrouvée enceinte j'avais que seize ans si j'aurais pu me douter quand je l'ai appelé Neville c'est bien hein comme nom Neville Fersen ça fait star américaine.

Monsieur Jeanson prit sa retraite après son opération. Il donna encore quelques cours particuliers à de jeunes gens, mais c'était surtout pour le plaisir de leur parler de Neville. Puis, une nuit, il s'endormit pour ne plus se réveiller. Tous ses anciens élèves, tous ceux qui l'avaient connu et respecté, obtinrent de l'administration du conservatoire que la salle Sarah-Bernhardt s'appelât désormais la salle Jeanson.

Diane ne fut pas reçue au Conservatoire de Paris ni cette année-là ni la suivante. Nous n'avons plus entendu parler d'elle ni de Samuel. En revanche, Ronan Figuerra fait parfois une apparition dans le rôle du méchant sur les écrans de télévision.

Bastien ne retenta jamais le concours. Pourtant, il apprit par Neville qu'il n'avait été recalé au deuxième tour que de quelques points, car son humour et sa décontraction avaient plu à certains membres du jury. Tandis que Neville poursuivait sa formation de comédien, Bastien prit une autre direction. Il écrivit de nombreux sketches qu'il interpréta lui-même en se filmant dans sa chambre avec sa webcam. Puis il plaça ses vidéos sur Dailymotion et YouTube. Repéré par un agent, il donna un premier one-man-show dans un cabaret parisien. Même ses parents commencèrent à le trouver marrant.

Chloé renonça aux classes préparatoires et poursuivit des études de lettres à la Sorbonne. Parallèlement, elle se mit à écrire. Du théâtre. Des pièces de théâtre pour que les enfants rient et s'émerveillent, des pièces de théâtre qui finissent toujours bien, et dont les critiques disent qu'elles sont «pleines de fantaisie et d'émotion». Bien sûr, monsieur et madame Lacouture s'inquiétèrent de voir leur fille choisir une carrière si incertaine, mais ils découpent fièrement chaque petit article de presse qui parle des pièces de Chloé. Et même, quand Clélia décida de faire l'école du cirque, ils prirent la chose avec philosophie.

Bastien et Chloé ont eu dernièrement un petit garçon, qu'ils ont appelé Lorenzo, et dont Neville a accepté d'être le parrain. Toutefois, il a suggéré d'inverser pour la fois suivante : qu'il soit le père, et Bastien le parrain. Chloé ne pense pas donner suite à cette proposition.

*
* *

Il était d'usage autrefois, lors des retransmissions télévisées des pièces de théâtre, que l'acteur principal, au moment du salut final, s'adresse au public en commençant par ces mots : «La pièce que vous venez de voir est de...», et il citait le nom de l'auteur, Pagnol, Labiche ou Jules Romains.

J'ai voulu qu'il n'y eût pas d'auteur à notre histoire parce qu'il m'a toujours semblé que nous l'avions écrite tous les trois. Mais puisque le rideau va tomber dans un moment, je voudrais m'adresser à vous en finissant par ces mots :

— Je n'aurais jamais trouvé qui je suis sans Juliette et Lisette, sans Agnès et Natalia, sans Nora et Chérubin, sans Chimène et Aricie, sans Neville et Bastien.

*Je tiens à remercier pour leur participation
à cet ouvrage dans l'ordre d'apparition :*

William Shakespeare : «Vous êtes amoureux, empruntez à Cupidon ses ailes.» (*Roméo et Juliette*)

Eugène Ionesco : «Tu vas mourir dans une heure vingt-cinq minutes.» (*Le roi se meurt*)

Alfred de Musset :: «Quinze ans, ô Roméo, l'âge de Juliette!» (*Rolla*)

Roland Dubillard : «Vous existez souvent? – Oh non, j'ai autre chose à faire.» (*Les Diablogues*)

Guillaume Apollinaire : «Je n'ai même plus pitié de moi/ Et ne puis exprimer mon tourment de silence» (*Alcools*)

Gérard de Nerval : «Je suis le Ténébreux, le Veuf, l'Inconsolé» (*El Desdichado*)

Victor Hugo : «Demain, dès l'aube, à l'heure où blanchit la campagne,/ Je partirai. Vois-tu, je sais que tu m'attends.» (*Les Contemplations*)

Paul Verlaine : « C'est bien la pire peine/ De ne savoir pourquoi/ Sans amour et sans haine/ Mon cœur a tant de peine !.» (*Il pleut dans mon cœur*)

Blaise Cendrars : « En ce temps-là j'étais en mon adolescence/ J'avais à peine seize ans et je ne me souvenais déjà plus de mon enfance... » (*La Prose du Transsibérien*)

Oscar Vladislas de Lubicz Milosz : « Ah, les morts, y compris ceux de Lofoten,/ Les morts, les morts, sont au fond moins morts que moi. » (*Tous les morts sont ivres*)

Arthur Rimbaud : « J'ai tendu des cordes de clocher à clocher ; des guirlandes de fenêtre à fenêtre... » (*Illuminations*)

Jean Racine : « Depuis un moment, mais pour toute ma vie,/ J'aime, que dis-je, aimer ? j'idolâtre Junie. » (*Britannicus*)

Pierre Carlet de Chamblain de Marivaux : « Dites-moi un petit brin que vous m'aimez. » (*Le Jeu de l'amour et du hasard*)

Bertold Brecht : « La terre roule joyeusement autour du soleil, et les poissonnières, les marchands, les princes, les cardinaux et même le pape roulent avec elle ! » (*La Vie de Galilée*)

Heinrich Von Kleist : « Je veux seulement qu'il existe, c'est pour lui-même que je le veux. » (*Le Prince de Hombourg*)

Henrik Ibsen : « Je n'y peux rien, je ne t'aime plus. » (*La Maison de poupée*)

Pierre-Augustin Caron de Beaumarchais : « Enfin le besoin de dire à quelqu'un je vous aime est devenu pour moi si pressant que je le dis tout seul. » (*Le Mariage de Figaro*)

Charles Baudelaire : « Nous aurons des lits pleins d'odeurs légères,/ Des divans profonds comme des tombeaux. » (*La Mort des amants*)

Constantin Stanislavski : « Lorsque vous êtes sur la scène, soyez toujours en action. » (*La Formation de l'acteur*)

Jean Giraudoux : « Dites-leur qu'ils sont beaux. » (*L'Apollon de Bellac*)

Jean Anouilh : « Il aurait pu y avoir plus de casse. » (*Le Bal des voleurs*)

Corneille :
« – Rodrigue, qui l'eût cru ?
           – Chimène, qui l'eût dit ?
– Que notre heur fût si proche et sitôt se perdît. » (*Le Cid*)

Edmond Rostand : « Un baiser, mais à tout prendre, qu'est-ce ?/ Un point rose qu'on met sur l'i du verbe aimer. » (*Cyrano de Bergerac*)

Albert Camus : « Tout cela manque de sang. » (*Caligula*)

Molière : « Je voudrais bien savoir si la grande règle de toutes les règles n'est pas de plaire. » (*La Critique de l'école des femmes*)

Brigitte Jaques : « Tu y es presque, tu dois y arriver. Si tu n'y arrives pas, tu me décevras beaucoup. » (*Elvire Jouvet 40*)

Jean Ferrat : « Tu peux m'ouvrir cent fois les bras, c'est toujours la première fois. » (*C'est toujours la première fois*)

J'exprime ma reconnaissance à ceux qui m'ont permis d'assister à leurs cours de théâtre : Fabrice Pruvost, comédien et professeur au conservatoire d'Orléans ; Anne-Marie Pelherbe-Ligneau, enseignante dans le cadre de l'option théâtre du baccalauréat, également à Orléans.

Je dois aussi à Valérie Mantoux, bibliothécaire au Conservatoire de Paris de m'avoir entrouvert les portes de cette institution ; elle m'a présenté Ulysse Barbry, élève en deuxième année, qui m'a fait visiter les lieux en me racontant son concours, et une candidate, Alice Berger, qui m'a parlé des épreuves d'admission. Je les remercie tous les trois.

Du même auteur à *l'école des loisirs*

Collection MÉDIUM
Ma vie a changé
Amour, vampire et loup-garou
Tom Lorient
L'expérienceur (avec Lorris Murail)
Oh, boy !
Maïté coiffure
Simple
La fille du docteur Baudoin
Papa et maman sont dans un bateau
Le tueur à la cravate

Miss Charity (illustré par Philippe Dumas)
De grandes espérances, de Charles Dickens
(adapté par Marie-Aude Murail et illustré par Philippe Dumas)

Collection BELLES VIES
Charles Dickens

La série des *Nils Hazard*
Dinky rouge sang
L'assassin est au collège
La dame qui tue
Tête à rap
Scénario catastrophe
Qui veut la peau de Maori Cannell ?
Rendez-vous avec Monsieur X

Cet ouvrage a été achevé d'imprimer
sur Roto-Page
par l'Imprimerie Floch à Mayenne
en octobre 2013

N° d'impression : 85765
Imprimé en France